Verlag: BoD · Books on Demand GmbH, Überseering 33,
22297 Hamburg, bod@bod.de
Druck: Libri Plureos GmbH, Friedensallee 273,
22763 Hamburg
ISBN: 978-3-7693-5332-7

Buddhistische Kurzgeschichten: Kshitigarbha

Band II

Inhalt

*"Es gibt keinen Weg zum Glück.
Glücklichsein ist der Weg."*

Siddhartha Gautama

Der Kochtopf

Das Feuer brannte heiß. Auf dem Feuer stand ein großer Kessel. Ein kleiner Dämon mit roter Haut und großen Hörnern schleppte einen riesigen Kochlöffel zum Rand. Er trat auf die kleine Holzbank, um an den Rand des Kessels reichen zu können. Dann öffnete er den Deckel und augenblicklich ertönte ein ohrenbetäubendes Geschrei. Wer in der Lage war, näher ranzugehen, konnte die armen Seelen in dem Kessel sehen, die vor Schmerzen schrien.

Unweit dieser Szene ereignete sich ein merkwürdiges Ereignis. Zwar gab es Welten, in denen das nicht merkwürdig war. Aber dies war die Kohlengrube voller Jauche. Es war die Welt des Schmerzes. Hier landeten Menschen wie Hitler, weil ihr Karma sie hierherführte. Denn weil er sich entschieden hatte, einen Krieg zu starten, der sechzig Millionen Menschen das Leben gekostet hatte, musste er erst sechzig Millionen brutale Tode sterben. Das musste er übrigens nicht, weil eine Macht ihn dazu zwang. Zwar landeten die Toten beim Todesgott Yama. Er ließ sich ihre Taten wie in einem magischen Spiegel zeigen. Aber danach musste er nicht mehr viel tun. Die karmische Essenz drängte von sich aus dorthin, wonach man sich im Leben geneigt hatte. Wer viel gemordet hatte, den zog es in eine Welt des Mordens. Nur ohne seine SS konnte Hitler nichts mehr schützen und er wurde selbst zum Opfer vieler Tode.

Zurück zu unserer Merkwürdigkeit. Es leuchtete magisch. Wilde, kleine Funken sprühten und es schien tatsächlich glitzernder Feenstaub zu sein, der durch die Luft flog. Auf einmal schälte sich eine Form aus dem Leuchten heraus. Anfangs war die Form transparent, doch dann materialisierte sich die Person. Zwar ähnelte die Gestalt einem Menschen, aber die Haut glänzte blutrot. Mit etwas Fantasie wirkten zwei Stellen an seiner Stirn wie zwei kleine Hörner. Doch das war nicht das Auffallendste an ihm.

Seine Augen leuchteten mit einer Wachheit, die unglaublich war. Solch eine Wachheit zeugte von einem hohen Geist. Die Gestalt musste sehr klug sein. Kaum dass sich das Leuchten verzogen und die Gestalt im Halbdunkeln zurückgelassen hatte, trauten sich die ersten Bewohner dieser düsteren Gefilde aus ihren Verstecken. Regelmäßig kamen neue Bewohner bei ihnen an. Fast alle zwang ihr Karma dazu, hier zu landen. Niemand kam wirklich freiwillig. Unter denen, die kamen, gab es zwei Arten. Einige waren ganz bewusst von ihrem schlechten Karma hierhergeführt worden. Sie liebten das Morden und Vergewaltigen. Wenn sie niemandem wehtun konnten, fühlten sie sich nicht wohl. Bei diesen Neuankömmlingen musste man sehr vorsichtig sein. Oft schnappten sie sich die erste Gestalt, die sich ihnen zeigte. Dann folterten, meuchelten und viele verschlangen auch ihre Opfer.

Die zweite Gruppe waren die Unglücklichen. Auch sie waren wegen ihrer verblendeten Sicht in den Gefilden der Unterwelt gelandet. Anders als die Meuchler bereuten sie ihr Tun. Nur aufgrund einer Verkettung unglücklicher Umstände hatten sie etwas getan, was sie schließlich hierhergeführt hatte. Sie waren im Grunde friedlich, auch wenn die meisten von ihnen in einer Notlage gemordet und geraubt hatten.

Ein wurmartiges Wesen kam dem Neuankömmling zuerst nahe. Sein Hunger war groß. Zwar hatte es riesige Reißzähne. Zugleich lag sein Magen am Ende seines Körpers. An manchen Stellen war sein Magen so dünn und um sich geschlängelt, dass sich die zerkaute Nahrung nur im Zeitlupentempo durch den Magen bewegte. Wegen seines Hungers hatte er keine Wahl, als nach dem Mann mit der blutroten Haut zu schnappen. Der reagierte nicht. Statt den Kopf des Wurms mit seinem museklgestählten Körper zu zerstampfen, kniete sich die Gestalt hin.

Er lächelte mit offenen Augen. Der Wurm stoppte, ohne zu wissen, warum. Irgendetwas in ihm konnte nicht weiter und zeitgleich war sein Hunger verschwunden. Zuerst wusste er nicht, was er davon halten sollte. Seitdem er in dieser Welt geboren worden war, hatte er diesen Hunger verspürt. Er machte sein Wesen mehr aus als jede andere Sache. Zum ersten Mal war er weg.

Wo vorher der Hunger gewesen war, war jetzt nur noch Leere. Die erste Reaktion war Verwirrung. Was immer dagewesen war, war nicht mehr da. Der Hunger war eine Art von Schmerz, aber da der Wurm nie etwas anderes gekannt hatte, fühlte es sich natürlich an. Jetzt war er weg. Mit ihm wich die Aggression aus seinem Blut. Seine Mundwinkel stiegen nach oben und es sah wirklich so aus, als würde der Höllenwurm lächeln.

Die magische Gestalt machte einige Schritte auf den Wurm zu und tätschelte ihm den Kopf. Wie einen Hund streichelte er ihn. Der Wurm fing an zu summen. Es gefiel ihm, zärtlich über den Kopf gestreichelt zu werden. Dann lief der Mann weiter. Der Wurm war kurz verwirrt, dann drehte er sich um und folgte ihm.

Andere Augen hatten aus den dunklen Winkeln und Gängen in den Wänden der Höhlenwelt alles beobachtet. Der Wurm war gefährlich. Zwar gab es viele gefährliche Wesen hier, aber die scharfen Reißzähne des Wurms hatten schon viele gefressen und seine Fähigkeit, die eigenen Wunden schnell wieder heilen zu können, machten ihn fast unbesiegbar.

Aus Angst vor dem Wurm hielten sich viele hungrige Mäuler zurück. Der Mann bemerkte ihre Blicke. Tiefes Mitgefühl lag in seinem Blick. Er hätte gern jedes von ihnen gerettet, aber er war auf einer Mission. Mit eiligen Schritten eilte er weiter, bis er am Ende eines Tunnels auf den Eingang zu einer riesigen Kammer stieß.

Sie war so groß, dass mehr als zwanzig Fußballfelder locker in ihr Platz gefunden hätten. In der Mitte erhob sich eine steinerne Pyramide. In mehreren großen Plattformen erhob sie sich in die Höhe. Oben leuchtete es. Es gab einen steinernen Thron, auf dem eine rothäutige Gestalt saß. Mehrere wunderschöne, halbnackte Frauen kümmerten sich um das Wohl des Thronenden, bis ein lauter, markerschütternder Schrei die Luft zerriss.

Oben in der Halle kreisten einige Wesen, die wie Vögel aussahen. Im Gegensatz zu den irdischen Vögeln hatten sie keine Federn. Ihre Körper bestanden nur aus Knochen. Ein kleines Licht umrundete sie und es schien die Kraft zu sein, die sie in der Luft hielt. Der Schrei hatte ihm gegolten und sollte den Herrscher auf dem Thron über die

Ankunft eines Besuchers informieren.

Kshitigarbha sah in den Himmel. Um den einen Vogel sammelte sich ein ganzer Schwarm. Sie kreisten über ihm. Er spürte ihre toten Augen auf sich brennen. Plötzlich schoss jeder Vogel etwas auf ihn. Bei genauerem Hinsehen konnte man erkennen, dass es sich um kleine Knochen handelte, die messerscharf waren. Kshitigarbha blickte traurig nach oben. Einen Bodhisattva anzugreifen, würde ihnen viel schlechtes Karma einbringen. Sie waren bereits in dieser dunklen Höhlenwelt gelandet, weil ihr Karma so schlecht war. Mit einem solchen Angriff würde sich die Waagschale noch weiter zum Unheil neigen.

Er hob seine Hand. Etwa drei Meter über ihm formte sich ein Kranz aus Licht. Wie eine Art Schutzschirm breitete er sich aus. Dann prallten die ersten Knochen auf den Schirm. In dem Moment, als sie das Licht berührten, puffte es. Die scharfen Knochensplitter verwandelten sich in duftende Blütenblätter. Langsam rieselten sie zu Boden und bedeckten den steinigen Boden.

Wütend sah der Herrscher von seinem Thron zu ihm runter. Er hasste es, wenn seine Macht begrenzt wurde. Mit einem bösen Blick schaute er zu einem Lakaien. Dieser ergriff eine lange Fanfare und blies ins Horn. Der lange Ton breitete sich in der gigantischen Höhle aus. Noch ehe er verklang, brüllte etwas erschreckend laut. Keine zehn Sekunden später sah Kshitigarbha, wer gebrüllt hatte. Denn hinter der Seite der Pyramide kam ein gigantischer Drache zum Vorschein.

Die Ausmaße des Ungeheuers waren so gewaltig, selbst Kshitigarbha musste schlucken. Plötzlich riss der Drache sein Maul weit auf. Ein Feuerstrahl ließ die Höhle leuchten. Dann fixierte das Monster den unbekannten Mann. Sein Kopf wiegte kurz hin und her, um sein Opfer genau sehen zu können. Es folgte ein Blick zum Herrscher auf der Spitze der Pyramide. Es war wie der Blick eines Hundes zu seinem Herrchen. Bestimmt riss der Herrscher seinen Arm hoch und zeigte auf Kshitigarbha. Ohne einen Moment zu warten, stürmte der Drache los.

Der Boden bebte, als sich der Drache näherte. Je näher er kam, desto mehr fühlte es sich wie ein Erdbeben an. Dann stand der Aufprall kurz bevor. Auf der Pyramide waren alle an den Rand getreten, um zu sehen, wie der Drache sein Opfer zermalmte. Doch kurz bevor der Drache den Unbekannten erreichte, begann dieser auf merkwürdige Art und Weise zu leuchten. Sein gesamter Körper begann eine purpurfarbene Aura zu entwickeln. Als Nächstes begann sein Körper zu wabern. Das war kurz bevor der Drache ihn erreichte.

Ein letztes Brüllen entwich der Kehle der gigantischen Echse. Wahrscheinlich sollte es sein Opfer ein letztes Mal einschüchtern. Dann prallte er direkt auf Kshitigarbha. Zumindest sah es so aus. Doch statt den Bodhisattva einfach zu zertrampeln, glitt der Körper des Drachen durch den Körper Kshitigarbhas, als wäre er ein Geist.

Der Drache war verwirrt. Er riss seinen Kopf herum, um zu der purpurnen Gestalt zu gucken. Plötzlich verlor er dabei das Gleichgewicht. Seine großen Vorderpfoten stellten sich selbst ein Bein. Er fiel. Seine Schnauze küsste den harten Steinboden und schrammte mehrere Meter weit, ehe sie zum Stehen kam.

Der Herrscher auf der Pyramide fluchte fürchterlich. Auch seine Lakaien stießen wilde Verwünschungen aus. Er ging zu seinem Thron und boxte dagegen. Plötzlich drehte er sich wieder um. Am Rand seiner Plattform angekommen, brüllte er dem Drachen zu, dass er den Mann mit seinem Feuer verbrennen sollte. Der Drache blickte zu der leuchtenden Gestalt und dann nach oben. Er atmete hörbar laut ein. Dann erhob es sich.

In seinen Nüstern glimmte es hell. Dampf stieg aus den Nasenlöchern auf. Im Zeitlupentempo öffnete sich das Maul. Der Drache fixierte sein Opfer. Dann schoss die Fontäne aus purem Feuer aus seinem Maul. Kshitigarbha wirkte traurig. Der Drache war ein wundervolles Wesen. Er hatte so viel Macht und abgesehen von seiner Größe war er ein sanftes Wesen. Kshithigarbha hob mitfühlend seine Hand hoch. Im selben Augenblick verwandelte sich das Feuer.

Das leuchtende Orange der Flamme verwandelte sich in ein helles Weiß. Kshitigarbha hatte mit seiner Macht das Feuer in Eis verwandelt. Klirrend krachte es zu Boden und zersprang in tausend Eiskristalle. Der Drache riss die Augen auf. Auch oben auf der Pyramide waren Flüche zu hören. Der Herr auf dem Thron bellte neue Befehle, um den Drachen zu zwingen, erneut anzugreifen. Das Tier blickte verwirrt zwischen der Pyramide und Kshitigarbha hin und her. Schließlich öffnete er missmutig sein Maul und spie erneut Feuer.

Wieder hob Kshitigarbha seine Hand. Die Flammen schossen weit voraus und erreichten fast die Hand des Bodhisattvas. Doch ehe sie ihn erreichen konnten, wurden sie wieder von der erleuchteten Macht vereist. Das Feuer wurde zu Eis. Mitten in der Luft stoppte es, nachdem es gefroren war. Klirrend krachte es zu Boden. Betroffen ließ der Drache den Kopf sinken. Auch die neuen Befehle von der Pyramide interessierten ihn nicht mehr. Er wusste, gegen diesen Gegner hatte er keine Chance.

Kshitigarbha lief mit gesammelten Schritten auf den Drachen zu. Das Tier verfolgte jeden seiner Schritte. Trotz des wilden Gebrülls von der Spitze der Pyramide blieb es ruhig. Kurz bevor der Bodhisattva bei ihm war, ließ er den Kopf auf den Boden sinken. Kshitigarbha legte seine Hand auf die Schnauze des Drachens und streichelte ihn.

Die Flüche von der Pyramide wurden lauter. Aus dem Augenwinkel bekam der Bodhisattva mit, wie der Herr der Pyramide seine Flügel weitete. Mit in die Luft gerissenen Armen stieg er hoch. Dann blitzte es in der Höhle. Nach dem Blitz wurde es stockfinster in der Höhle. Außer ein paar kleinen Feuern, die hier und da brannten, war nichts mehr zu sehen; bis der nächste Blitz die Höhle für einen Moment hell erleuchtete.

Kshitigarbha blieb ruhig, aber er spürte die Wut seines Gegners. Als er den Drachen besänftigt hatte, war bei ihm jede Sicherung durchgebrannt. Der Drache war seine Waffe. Mit ihm zementierte er seine Macht. Wer ihm in die Quere kam, den ließ er von seinem Drachen in Stücke reißen. Ohne ihn müsste er damit rechnen, dass bald ein neuer, machtgieriger Jüngling nach seinem Thorn strebte.

Es war wieder dunkel. Kshitigarbha atmete sehr achtsam ein. Er spürte die geladene Stimmung. Etwas lag in der Luft, aber er war sich nicht sicher, was geschehen war.

Dann zuckte wieder ein Blitz im Gewölbe. Über sich erkannte er die beflügelte Gestalt. Sie schwebte direkt über ihm. Erst jetzt wurde ihm bewusst, wie groß der Herr der Pyramide war. Seine Arme waren besonders muskulös.

Die Dunkelheit kehrte zurück. Kshitigarbhas Nackenhaare stellten sich auf, aber er wusste nicht genau, was passieren würde. Ein neuer Blitz zuckte über ihm, doch dann wurde er von einem Schatten bedeckt. Der Aufprall kam so schnell, dass Kshitigarbha nicht reagieren konnte. Mit seinem großen, roten Kopf, auf dem auch kleine Hörner waren, krachte der Herr der Pyramide in seinen Bauch. Die Energie riss ihn von den Füßen und schleuderte ihn weit durch die Luft.

Er schlug auf, aber damit war es noch nicht vorbei. Die Wucht war so groß, dass er weiter über den Boden rollte. Er stoppte erst, als er mit voller Wucht gegen einen Felsen krachte. Kshitigarbha stöhnte. Sein Bauch schmerzte von dem Aufprall des Kopfes. Seine Schulter schmerzte, weil sie mit voller Wucht gegen den Felsen geprallt war.

Im selben Moment zuckte wieder ein Blitz durch die Luft. Es wurde grell und blendete seine Augen. Zum Glück wurde es sofort wieder dunkler, dachte der Bodhisattva. Wieder realisierte er zu spät, dass es der Schatten seines Gegners war. Die gigantische Gestalt flößte selbst einem transzendenten Bodhisattva Respekt ein. Die muskulösen Oberarme hatten den Durchmesser von Elefantenfüßen. Aber es waren nicht die Oberarme, die zu Kshitigarbhas Problem werden sollten. Kaum dass der Herr der Pyramide nah genug dran war, trat er ohne Vorwarnung zu.

Der Tritt kam so heftig und schnell, dass Kshitigarbha

keine Zeit hatte, seine Arme schützend hochzureißen. Die Füße des Monsters ähnelten einer Art Hufe von Ziegen. Doch sie bestanden aus hartem Stahl. Ihr Einschlag war gewaltig. Kshitigarbha hörte sofort die himmlischen Fanfaren und verlor das Bewusstsein.

Seine Nase schmerzte, als er langsam wieder zu sich kam. In seinem Kopf drehte sich alles. Er spürte Blut auf seiner Oberlippe. Doch das störte ihn am wenigsten. Denn als er das Blut an der Nase abkratzen wollte, konnte er sich nicht bewegen.

Mühsam öffnete er wieder die Augen. Das Bild war verschwommen. Er war immer noch in der Höhlenwelt. Es glimmte, als ob irgendwo ein Feuer brannte. Er blickt an sich herab. Dicke Stränge waren um seinen Körper geschlungen. Es war ein Seil. Doch als er seine Muskeln anspannte, gelang es ihm nicht, dass Seil zu sprengen. Mit einem normalen Seil wäre es möglich gewesen, aber dieses Seil war aus einem unbekannten Material gemacht oder mit Zaubersprüchen verstärkt worden.

Lachend näherte sich eine Gestalt. Kshitigarbha riss den Kopf hoch und sah den Herrn der Pyramide an. Das fiese Lachen legte seine wilden Reißzähne frei. Er war eine echte Bestie. Seine Muskeln waren riesig. Überall glänzten verheilte Narben, die von seinem gewalttätigen Leben zeugten.

"Ein kleiner Bodhisattva besucht mich in meinem Reich", lachte er, "welche Ehre. Weißt du kleiner Bodhisattva. Ich habe eine gute Nachricht für dich!"

Kshitigarbha sah ihn an. Er kannte die Dämonen Maras. Er blickte mit seinem dritten Auge in den Karmastrom seines

Gegners. Mara hatte ihm seine Macht verliehen. Vor vielen Leben war er ein weiser Sinnsucher gewesen. In tiefen Meditationen hatte er den Schleier der Maya immer mehr gelüftet. Das hatte Mara gestört und er hatte ihm seine drei Töchter Rati, Arati und Tanha geschickt. Sie standen für die Gier und die Lust.

Mit ihren zarten Leibern hatten sie den weisen Sinnsucher bezirzt. Anfangs hatte er tapfer widerstanden. Aber unter der Oberfläche seines Bewusstseins lag eine tiefe Unzufriedenheit. Die Töchter sahen das. Sie zeigten ihm alles, was er insgeheim begehrte. Mit jedem Bild wurde seine Unzufriedenheit größer. Schließlich zeigten sie ihm eine heilige Schriftrolle. Seit Jahren hatte er von diesem Text geträumt. Er erklärte eine alte heilige Meditation, die den Eingang in die höchsten spirituellen Reiche der Devas öffnete.

Er war sofort auf die Knie gefallen und hatte Maras Töchtern geschworen, alles zu tun, was sie wollten, wenn sie ihm nur diese Schriftrolle besorgten. Die drei Dämoninnen hatten sich siegessicher angelächelt. Sofort zauberten sie ihm die Schriftrolle herbei. Er griff zu, aber Rati zog sie ihm vor der Nase weg. Sie versprach ihm, er könne sie sofort haben, wenn er ihnen nur einen einzigen kleinen Wunsch erfüllte.

Der weise Sinnsucher versprach ihnen alles. Sie lachten. Denn sie wollten nur eine Sache: Er sollte sich mit jeder von ihnen lieben. Der Weise hatte geschluckt und seinen Blick gesenkt. Er hatte den Sinnesfreuden abgeschworen, weil er die Sinnenwelt verlassen wollte. Denn er wollte in die höheren Welten der Devas. Darum lehnte er zuerst ab.

Doch die Drei wussten, ihn zu überzeugen.

Eine nach der anderen schwang ihren nackten Leib auf seinen Schoß. Seit Jahren hatte er nicht gefickt. Zuerst wurde sein Glied nicht hart und er hoffte schon, ohne den Sex zu seiner Schriftrolle zu kommen. Doch plötzlich zauberte Tanha ein weißes Pulver herbei. Ehe er sich versehen konnte, hatte sie ihn dazu gebracht, es in die Nase zu schniefen. Erst passierte nichts und auch sein Glied blieb schlaf. Dann ging ein Ruck durch seinen Körper. Ohne sich dagegen wehren zu können, musste er brüllen wie ein Löwe. Dann kniete sich Tanha hin und begann mit ihrer feuchten Zunge sein Glied zu lutschen.

Der Sex dauerte die ganze Nacht. Als sie fertig waren, hatte er vergessen, warum er jemals in die Hauslosigkeit gezogen war. Zwar gaben sie ihm die versprochene Schriftrolle. Aber statt sie zu studieren und die Tore in den Himmel aufzustoßen, wollte er mehr von dem weißen Pulver und den Becken der Dämonentöchter. Die Schwestern waren ihm längst müde geworden und wollten sich von dannen schleichen. Da schlug ein Blitz neben ihnen ein. Ihr Vater erinnerte sie daran, dass sie eine Mission hatten.

Die drei sündigen Schwestern bißen ihre Zähne zusammen. Angewidert drehten sie sich wieder zu dem zottigen Einsiedler um. Sie umgarnten ihn. Er ließ seine gierigen Hände über ihre nackten Leiber kreisen. Angewidert ließen sie es zu, bis es Arati nicht mehr aushielt und ein Tor in eine andere Welt öffnete. Sie versprachen ihm die Erfüllung seiner Träume auf der anderen Seite des Tores. Ohne nachzudenken folgte ihnen der Einsiedler.

Seine Augen wurden groß wie schwarze Löcher. Ein Harem aus hunderten Frauen erwartete ihn. Es gab alles. Schönheiten mit dunkler oder heller Haut; Blonde, Brünette, Dicke, Dünne, Tätowierte, Gepiercte. Alles, was ein geiles Männerherz begehrte. Rati erklärte ihm, dass er nur befehlen musste und sie würden ihm das weiße Pulver und alle anderen Drogen bringen, die er wollte.

Der Einsiedler ließ es sich nicht zweimal sagen. Sofort bat er um einen großen Spiegel mit dem weißen Pulver darauf. Dann vergingen Wochen. Aus den Wochen wurden Monate und Jahre. Die jungen Frauen, die Mara versklavt hatte, erfüllten alle seine Wünsche. Aus dem struppigen Einsiedler war ein gut gekleideter Edelmann geworden. Alles war wunderbar und es gab nichts, worüber sich der Einsiedler zu beklagen hatte. Nur dass seine Haut anfing, rot zu werden, irritierte ihn.

Mara verfolgte vergnügt die Entwicklung. Er hatte großes mit dem Mann vor. Denn als er ihm seine Töchter gesandt hatte, hatte der Einsiedler kurz vor dem Eintritt in den Strom gestanden. Wer immer in den Strom eingetreten war, war für ihn verloren. Denn jeder Stromeingetretene raste ungebremst ins Nirwana; außer natürlich er oder sie legte den Bodhisattva-Schwur ab. Das war für Mara noch schlimmer.

Der Einsiedler besaß sehr starkes Karma. Darauf hatte es Mara abgesehen. Für seine vielen Folterwelten brauchte er gute Wächter, die für ihn die Wesen quälten. Nicht jedes Wesen war dafür geeignet. Das Beste waren Weise, die schon weit auf dem Pfad der Weisheit gekommen waren und die er umdrehen konnte. Dieses Mal schien ihm ein großer Coup gelungen zu sein. Dieser ehemalige Weise hätte ein großer Weltenlehrer werden können. Nicht nur, dass er damit für seine Macht unerreichbar gewesen wäre. Er hätte auch viele Wesen von ihm entfremdet und auf den Pfad der Buddhas geführt.

Mara hatte ihn umgedreht wie einen Geheimagenten im Spionageeinsatz. Damit schlug er zwei Fliegen mit einer Klappe. Er verhinderte, dass er ihm die Opfer stahl. Zugleich konnte er die große karmische Kraft des Weisen für seine Zwecke nutzen. Denn während sich das Böse in Form blutroter Farbe über seine Haut legte, blieb sein Innerstes noch voller befreiender Weisheit.

Mit seinen Konkubinen und den Drogen hatte er den Weisen benebelt. Nach und nach pflanzten ihm die jungen Dämoninnen neue Gedanken ein. Sie polten ihn um. Aus einem Mann, der an Mitgefühl und Vernunft glaubte, wurde ein brutaler Herrscher. Als sie ihr Werk vollendet hatten, war Mara erschienen. Er hatte dem Weisen erklärt, dass sein Kredit aufgebraucht war. Wenn er mehr weißes Pulver oder Sex wollte, musste er dafür arbeiten. Gierig nach mehr hatte der Rothäutige sofort zugestimmt und schon einen Augenblick später war er zum Herrscher der Pyramide geworden.

Kshitigarbha hatte die Geschichte des Weisen gehört. Sie hatte ihn bedrückt. Dieser Mann war einen My vom Eintritt in den befreienden Strom gewesen. Dafür hätte er nicht einmal die Schriftrolle gebraucht. Sie wäre nur das Medium gewesen, um den Strom seiner Weisheit zu kanalisieren. Erst als ihm Mara die Ketten der Sinneslust angelegt hatte, war er wieder vom Ziel abgekommen. Noch trug er das Karma der Weisheit in sich. Aber mit jedem Tag, an dem er als brutaler Herrscher der Pyramide die Wesen quälte, schmolz das gute Karma mehr.

Kshitigarbha war in einer ungünstigen Situation. Sein Körper war gefesselt und er war dem roten Dämon willkürlich ausgeliefert. Zugleich hatte er ihn damit genau da, wo er ihn haben wollte, auch wenn es anders geplant gewesen war. Ohne länger zu zögern, fragte er:

"Bist du glücklich?"

Das Monster hatte gerade mit einer Peitsche ausholen wollen, die ihm ein Lakai gereicht hatte. Doch er hielt inne. Verwirrt starrte er den Bodhisattva an, als ob die Frage etwas in ihm ausgelöst hatte. Der Rothäutige knurrte. Seine Hand war mitten in der Luft stehen geblieben. Kshitigarbha sah, wie die Hand zitterte, als ob er einen inneren Kampf ausfocht.

Plötzlich sank die Peitsche nieder. Das Monster sah ihn an. Sein Blick war grimmig. Dann wurden seine Augen zu kleinen, feurigen Sehschlitzen. Seine Pupillen spuckten Fragezeichen aus. Der Herr der Pyramide ließ seinen Kopf sinken. Die Peitsche knallte auf den Boden. Eine Sekunde später sank er auf die Knie. Mühselig kroch er zu Kshitigarbha und setzte sich neben ihn:

"Nein!"

Die Antwort war einsilbig. Aber die Art, wie er es sagte, verriet mehr über ihn als ein ellenlanger Monolog. Der Bodhisattva lächelte mitfühlend. Er hätte ihm gern die Hand auf die Schulter gelegt, um ihn wieder aufzubauen. Aber noch war er gefesselt. Der Rothäutige schien das zu bemerken. Ohne zu zögern, löste er die erste Fessel.

Im selben Moment blitzte es in der Höhle. Es waren andere Blitze als beim Kampf gegen den Drachen. Diese Blitze waren heftiger und sie teilten sich in tausende Stränge. Die Wände luden sich elektrisch auf. Zwischen ihnen flogen die Blitze hin und her. Einige krachten laut auf den Boden. Einer traf einen der kleinen, roten Lakaien und kochte ihn. Verbrannt knallte er auf den Boden.

Plötzlich knallte und puffte es sehr laut. Drei riesige Dampfsäulen entstanden. Nach einigen Sekunden schälten sich mehrere Schatten aus ihrem Inneren. Es dauerte einige Augenblicke, bis der Nebel sich verzogen hatte und preisgab, wer da in seiner Mitte angekommen war. In der Mitte stand eine Frau, die mit teurem Schmuck behangen und sehr leicht bekleidet war. Um sie herum tummelten sich ein halbes Dutzend halbnackte Schönheiten mit roter Haut.

Kshitigarbha wusste sofort, wer die Besucherin war. Auch wenn sie sich bisher nie leibhaftig begegnet waren, so war ihr Ruf ihr vorausgeilt. Der Blick, mit dem sie ihn musterte, machte ihm klar, dass sie ihn auch ganz genau kannte. Ihre stechenden Augen brannten auf seiner Haut. Seine Anwesenheit störte sie, denn er war gekommen, um die Pläne ihres Vaters zu durchkreuzen.

Rati hob einen kleinen, weißen Beutel in die Luft. Der Herr der Pyramide bewegte sich blitzschnell. Eben hatte er noch neben Kshitigarbha gesessen und wie ein gebrochener Mann ausgesehen. Jetzt war die Energie in seinen Körper zurückgekehrt. Aber es hatte eher etwas von einem Schoßhündchen, das zu seinem Frauchen läuft, um einen Knochen zu kriegen.

Kaum dass er bei Rati angekommen war, zückte eine der rothäutigen Dienerinnen einen Spiegel und ein goldenes kleines Rohr. Während Rati etwas weißes Pulver auf den Spiegel kippte, näherten sich zwei weitere rothäutige Schönheiten dem Herrn der Pyramide. Sie knieten sich vor ihm hin und schoben seinen Lendenschurz zur Seite. Ein gewaltiges rotes Gemächt kam zum Vorschein. Ohne lange zu zögern, begann die Erste ihn in den Mund zu nehmen. Die Zweite streichelte zärtlich die haarigen Eier.

Kshitigarbha sah, wie der große Rothäutige mit zittrigen Händen nach dem goldenen Röhrchen griff. Scheinbar hielt Rati ihr Haustier an der kurzen Leine, um es besser kontrollieren zu können. Er setzte das Röhrchen an und schniefte die Line weg. Er kippte mit dem Kopf nach hinten und Kshiti sah, wie er begann, zufrieden zu lächeln. Rati öffnete den Beutel erneut und schüttete etwas Pulver auf den Spiegel. Dann sagte sie etwas, was der Bodhisattva nicht verstehen konnte. Aber als der Herr der Pyramide kurz danach böse zu ihm rüberguckte und danach Rati zunickte, wusste er, dass er ihn wieder verloren hatte.

Noch zweimal schüttete Rati weißes Pulver auf den Spiegel. Dann schob sich eine der nackten Schönheiten zwischen die Schenkel des ehemaligen Weisen. Er steckte sein langes Glied in sie und Kshitigarbha musste mit ansehen, wie sich die beiden paarten. Rati sah dabei den Bodhisattva mit zufriedenem Blick an.

Der Herrscher der Pyramide brüllte wie ein Löwe, als er kam. Die Rothäutige leckte ihm sein Gemächt sauber. Aber als er mit seinem Blick über Kshitgarbha streifte, stieß er sie brutal zur Seite. Schreiend landete sie auf dem Boden. Das Monster stürmte mit großen Schritten auf den Bodhisattva zu. Bei ihm angekommen, hämmerte er mit voller Wucht gegen die Höhlenwand. Kleine Steine bröselten zu Boden. Der Rothäutige beugte sich zu ihm runter. Mit böser Zunge fragte er ihn, ob er geglaubt hatte, ihn mit seiner Dharmamagie verzaubern zu können? Er war der Herr der Pyramide, der Herrscher dieses Reiches. Alle taten, was er sagte. Er entschied über Tod und Leben.

Als ob er alle seine Macht spüren lassen wollte, brüllte er wie ein Löwe. Scheinbar war es nicht nur, um seine Macht zu beweisen. Sofort stürmten aus mehreren kleinen Gängen zwei Dutzend kleine Dämonen in den Raum. Sie alle waren mit langen Speeren bewaffnet. Sie reihten sich um den Rothäutigen auf. Mit entschlossenen Blicken richteten sie die Spitzen auf Kshitigarbha.

Der Herr der Pyramide schnipste mit den Fingern. Im nächsten Augenblick lösten sich einige der kleinen Dämonen und liefen auf den Bodhisattva zu. Die Ersten schnappten sich seine Beine und rissen sie in die Luft. Die anderen klemmten sich unter den Rest seines Körpers. Sie hievten ihn in die Höhe und setzten sich wie ein Wurm in Bewegung. Wohin sie liefen, konnte Kshitigarbha nicht sehen. Er bemerkte nur die Höhlendecke und das, was an seiner Seite vorbeilief.

Plötzlich schmissen sie ihn unsanft auf den Boden. Kshiti rollte einmal um sich herum und wurde hart von der steinernen Wand gestoppt. Die kleinen Dämonen lachten ihn aus. Mühsam richtete er sich auf. Sein Rücken schmerzte. Kurz schloss er die Augen und sammelte seine meditativen Kräfte. Dann ging er ganz tief in den Schmerz hinein und als er dessen Leerheit erfasst hatte, löste er ihn auf.

Der Bodhisattva sah sich um. Sie hatten ihn in eine kleinere Höhle geschleppt. Ihre Ausmaße waren noch immer groß, aber erreichten bei Weitem nicht die Größe der Höhle, in der die Pyramide stand. Schatten flackerten an der Decke. Der Grund stand in der Mitte der kleinen Höhle. Auf einem lodernden Feuer stand ein riesiger Kessel.

Im nächsten Moment drangen Schreie an sein Ohr. Er musste kurz suchen, ehe er den Ursprung fand. Am Rand des Kessels konnte er gerade noch die Reste einer großen Leiter erkennen. Sie schien so breit zu sein, dass zwei der kleinen Dämonen darauf Platz hatten. Denn über dem Rand des Kochtopfes konnte er die Köpfe der beiden sehen. Aber sie waren nicht die Einzigen auf der Leiter.

In ihrer Mitte hatten sie einen Menschen. Er war genauso gefesselt wie der Bodhisattva. Sie hatten ihn schon weit über den Rand des Topfes gehievt. Die heißen Dämpfe stiegen ihm ins Gesicht und verbrannten ihn. Die beiden Dämonen grinsten fies. Kshitigarbha konnte sehen, wie sehr sie sich darauf freuten, ihr Opfer in die kochende Sud zu schmeißen.

Was der Bodhisattva auch sah, war der Strom des Karmas. Er erblickte nicht nur die karmischen Handlungen, die den armen Mann in diese Situation gebracht hatten. Er sah auch die Stränge des Karmas der beiden Dämonen. Tiefer Hass aus einem alten Leben hatte sie hergeführt. Statt sich in pures Leid zu verwandeln, gaben ihnen die karmischen

Verdienste aus längst vergangenen Zeiten große Stärke. Jeder von ihnen hätte sich in dieser Welt neues, gutes Karma verdienen können. Aber in dem Moment, als der Herr der Pyramide sie rekrutieren wollte, hatten sie sich ihm angeschlossen.

Keines dieser Wesen hatte das Auge eines transzendenten Bodhisattvas. Kshitigarbha hatte diese Gabe. Er war auf einer sehr hohen Stufe. Seine irdischen Augen sahen, was alle sahen. Dazu hatte er den karmischen Blick entwickelt. Wenn er ein Wesen lange betrachtete, konnte er tief in seinen Karmakontostand blicken. Sobald er ein Buddha geworden wäre, würde er auch das göttliche Sehen meistern.

Unter fiesem Lachen warfen sie ihr Opfer in die kochend heiße Brühe. Der Mann schrie, als ob er gekocht würde. Das wurde er im wahrsten Sinne des Wortes auch. Plötzlich erhob sich sein Kopf über den Rand etwas entfernt von der Leiter mit den beiden Dämonen. Scheinbar wollte er sich über den Rand hieven.

Die Dämonen brüllten. Sie schrien ihm wüste Beschimpfung zu. Von ihrer Position konnten sie ihn nicht erreichen. Der Mann blickte sich hektisch um. Er realisierte seine Chance und schwang das erste Bein über den Rand.

Scheinbar geschah das nicht so selten. Auf das wilde Brüllen der Dämonen hin erschienen kleine grüne Kobolde. Sie hielten lange Spieße in ihren Händen. Mehr als ein halbes Dutzend von ihnen rannte zu der Stelle, wo der Mann sich in Sicherheit retten wollte. Wie wild stachen sie auf den Mann ein. Er schrie vor Schmerzen.

Dann blieb der erste Spieß stecken. Sofort griffen zwei weitere Kobolde von unten an den Stab des Spießes. Gemeinsam drückten sie so lange, bis der Mann wieder in den Kessel kippte.

Die Schreie waren ohrenbetäubend. Dann starben sie plötzlich. Kshitigarbha spürte, wie der Lebensgeist aus dem Opfer entwich. Die Dämonen stachen mit ihren Spießen von der Leiter in den toten Körper und lachten fies. Sie stiefelten die Leiter runter und liefen in einen Gang. Es dauerte einige Sekunden, dann kamen sie mit einem neuen Opfer zurück.

"Keine Sorge, du bist auch bald dran!"

Die Stimme war aus dem Nichts gekommen. Kshiti hatte sich so sehr auf die Dämonen und ihr tödliches Handwerk konzentriert, dass er gar nicht mitbekommen hatte, wie der riesige Herr der Pyramide neben ihn getreten war. Auf seine Ankündigung hin ließ er einen Tritt in den Bauch des Bodhisattvas folgen. Dieser stöhnte.

Kshitigarbha sah sich um. Er fand Rati am anderen Ende der Höhle. Viele Kobolde schwirrten um sie herum und versorgten sie. Einige wedelten mit riesigen Fächern, andere brachten ihr Cocktails. Die halbnackten Frauen lagen auf Decken vor Rati. Um ihre Hälse waren Ketten aus Leder gelegt und sie liefen alle zu einem Tisch, der vor Rati stand.

Ein Pfiff zerriss die Luft. Es kam vom großen Monster neben ihm. Der Pfiff schien einiges in Bewegung zu setzen. Pflichtschuldig kam über ein Dutzend roter Dämonen angerannt. Sie stellten sich in einer Linie vor dem Herrn der Pyramide auf. Er bellte sie an und beschwerte sich über ihre Faulheit. Mit einer großen Keule hieb er dem Ersten auf den Kopf und drohte den anderen an, auch einen Schlag zu erhalten, falls sie sich nicht mehr anstrengten. Dann zeigte er auf Kshitigarbha.

Wieder gruben sich Hände unter Kshitis Körper. Sie hoben ihn hoch. Er sah nicht, wohin sie ihn brachten. Aber das brauchte er auch nicht. Das Ziel war ihm klar. Dann hievten sie ihn nach oben und zwei Dämonen begannen, ihn die Leiter hochzuschleifen. Kshitigarbha wurde das Spiel leid. Mit seiner heiligen Dharmakraft machte er seinen Körper schwer wie einen riesigen Stein.

Es knirschte. Im nächsten Moment hörte er das Brechen einer der Sprossen. Ein Dämon schrie. Sie ließen ihn unsanft auf den Boden fallen. Der Bodhisattva steckte den Schmerz weg. Ein Blick zur Leiter verriet ihm, dass die ersten Sprossen der Leiter kaputtgegangen waren.

Wütend brüllte der Herr der Pyramide. Dann schnellte eine Peitsche über Kshitigarbhas Kopf. Ein greller Schrei verriet ihm, dass sie einen der Dämonen getroffen hatte.

Wieder gruben sich Hände unter seinen Körper. Noch immer bewegte er sich keinen Zentimeter, aber als sich einige Augenblicke später weitere Hände unter ihn schoben, schafften sie es, ihn in die Luft zu heben.

Wieder schleppten sie ihn die Leiter hoch. Um die ersten Sprossen zu überwinden, hatten sich einige Kobolde auf den Boden geworfen, um als Stufen zu dienen. Kshiti war genervt. Sofort erhöhte er mit seinen magischen Kräften sein Gewicht. Wieder krachte er auf den Boden. Dann knallte die Peitsche erneut. Noch mehr Hände schoben sich unter seinen Körper.

Egal, wie sehr sie sich anstrengten. Sie schafften es nicht, ihn in die Luft zu heben. Kshitigarbha lächelte mitfühlend, als er sie bei ihren verzweifelten Versuchen beobachtete. Wilde Peitschenhiebe schnellten durch die Luft. Ein Dämon nach dem anderen bekam einen harten Hieb. Sie kreischten wie arme Schweine in den Händen eines Metzgers. Doch auch das änderte nichts daran: Sie schafften es nicht, ihn in die Luft zu hieven.

Auf einmal tauchte der Herr der Pyramide vor ihm auf. Ohne lange zu zögern, griff er ihn am Kragen und hievte ihn auf seine Schultern. Kshitigarbha war verwundert. Er hatte nicht damit gerechnet. Die karmische Macht des Monsters war größer, als er gedacht hatte. Das war gut. Es hieß, er war hier richtig. Aber erstmal stellte es ihn vor ein ernstes Problem.

Mit voller Wucht schleuderte ihn das rote Monster gegen die Wand des Kessels. Er begann so doll zu wackeln, dass etwas von dem heißen Sud über den Rand schwappte. Neben ihm landete ein Tropfen und brannte sich mehrere Zentimeter tief in den Boden. Die Dämpfe rochen toxisch und selbst Kshitigarbha wurde übel. Um mit dieser höllischen Flüssigkeit umzugehen, musste er alle seine Kräfte aufwenden.

Der Tritt kam schnell und unerwartet. Das Monster war wie ein Blitz auf ihn zugerast. Seine Bewegungen waren so schnell, dass kein Mensch ihnen hätte folgen können. Den Ballen seines Fußes rammte er in den Bauch des Bodhisattvas, der mit brutaler Energie gegen den Kessel gedrückt wurde. Kshiti stöhnte vor Schmerzen. Diese Kraft war übermenschlich. Keiner der anderen Dämonen in der Höhlenwelt konnte mit ihm mithalten. Er war der unangefochtene und brutalste Dämon weit und breit.

Mit seiner riesigen Pranke griff er nach dem Bodhisattva und hievte ihn in die Luft. Dann warf er ihn sich über die Schulter. Aus dem Augenwinkel sah Kshiti, wie die kleineren Dämonen ein Podest heran schleiften. Sie zerrten es bis zum Kessel und entfernten sich demütig in gebückter Haltung, als ob sie jeden Moment einen neuen Schlag mit der Peitsche befürchteten.

Mit einem weiten Sprung hob das rote Monster ab. Bei seiner Größe reichte es, dass Kshitigarbha über den Rand in die kochende Brühe gucken konnte. "Stirb schön, du Hund!", bellte ihm der Herr der Pyramide ins Ohr. Dann warf er ihn im großen Bogen über den Rand des Kessels.

Kshitigarbha stöhnte. Die Brühe machte ihm keine Angst. Aber das Karma, einen Bodhisattva zu töten, war sehr schlimm. Für diese Tat würde der Herr der Pyramide Kalpas an Leid ertragen müssen. Kshiti verlangsamte mit seiner karmischen Macht seinen persönlichen Zeitstrom und dann visualisierte er eine lila Lotosblume in seinem Herzen.

In den Bruchteilen einer Sekunde breitete sich eine lila Aura in der Höhle aus. Einige der Dämonen schrien, geblendet vom Licht. Dann berührte Kshitis Körper den kochenden Sud. Im selben Moment puffte es. Wilde Lotosblüten wurden bei seinem Aufprall aufgewirbelt und flogen durch die Luft. Er landete weich und der Duft des Lotos streichelte seine weise Nase.

Flüche zerrissen die Stille. Es waren die kreischenden Laute eines Weibes. Kshitigarbha schmunzelte. Diese

Flüche waren Balsam für sein Herz. Rati war eine der furchtbarsten Dämoninnen in den Unterwelten. Wo immer sie auftauchte, verführte sie gute Männer und brachte sie vom achtfachen Pfad ab. Viele hunderttausende Männer hatte er schon an sie verloren. Ihr Schrei verriet ihm, dass der Sieg in greifbarer Nähe war.

Im nächsten Moment spürte er etwas Schweres neben sich in den Kessel springen. Er blickte hoch. Sein Blick traf auf den Blick des roten Monsters. Für einige Momente wurde es still. Es war ein Hadern in seinem Blick. Doch dann bewegten sich die Mundwinkel des Giganten. Er begann zu lächeln. Ohne Vorwarnung ließ er sich mit den ausgestreckten Armen nach hinten fallen. Die Lotosblüten flogen in die Luft, weil sein gigantischer Körper sie verdrängte. Der Herr der Pyramide sank tief in die Lotos ein, aber schließlich wurden sie zu seinem warmen Bett.

Plötzlich hörte Kshiti ein Lachen. Es war keines dieser bösen, fiesen Lachen, das die kleinen Dämonen ausstießen, wenn sie ein weiteres Opfer in den kochenden Topf geworfen hatten. Es klang wie das Lächeln eines kleinen Kindes, das gerade neues Spielzeug bekommen hatte. Aus der Kuhle, in der der Riese verschwunden war, flog eine Ladung Lotosblüten in die Luft. Langsam rieselten sie wieder nach unten. Zugleich kam eine neue Ladung. Kshiti begriff, dass das rote Monster sie vor Freude in die Luft warf.

Der Bodhisattva richtete sich auf. Er erblickte den Herrn der Pyramide. Das Lächeln auf seinen Lippen war befreiend. Zwischen seinen Zähnen steckte der Stängel einer Lotosblume. Er drehte sie hin und her und sah einfach glücklich aus. Der Bodhisattva stand auf. Er machte große Schritte bis zum Rand des Kochtopfes und blickte über den Rand.

Rati stand unten. Ihre Augen funkelten. Kleine Blitze schossen aus ihren Pupillen. Einige trafen die Kobolde und sie liefen wie vom Blitz getroffen umher. Als sie zu Kshiti hochsah, ballte sie ihre Faust und riss sie hoch. Wilde Flüche folgten. Der Bodhisattva hörte die Worte, aber er verstand auch, was sie bedeuteten. Rati wusste, dass sie verloren hatte. Der Herr der Pyramide hatte ihre Ketten gesprengt. Die magische Kraft des Lotos war unbesiegbar.

Plötzlich zuckten wilde Blitze durch die Höhle. Nebel entstand um den Kessel herum. Plötzlich puffte es mehrmals um Rati herum. Im nächsten Moment war sie verschwunden. Langsam verzog sich der Nebel. Stattdessen flogen Lotosblüten durch die Luft. Kshiti blickte sich um. Der rothäutige Riese spielte mit den Lotosblumen. Er warf sie in die Luft. Manche legte er sich auf die offene Handfläche und blies die Blüten weg. Schließlich bemerkte er den Blick des Bodhisattvas.

Der Herr der Pyramide senkte beschämt seinen Kopf. Kshiti nutzte die Chance und trat auf ihn zu. Er legte ihm die Hand auf die Stirn, wohinter sich sein drittes Auge befand. Ein magischer Strudel entstand und trug den Herrn der Pyramide zurück zu dem Leben als Einsiedler. Kshiti zeigte ihm, wie er damals gelebt hatte und was die Gründe waren, die ihn zu diesem Leben bewegt hatten. Verwirrt spürte der rote Gigant den Strängen seiner Vergangenheit nach.

Der Bodhisattva ließ ihm genug Zeit, sich in sein altes

Leben einzufühlen. Dann beendete er die Vision. Der Herr der Pyramide sah ihn mit feuchten Augen an. Nach einigen Sekunden drehte er beschämt den Kopf weg. Kshiti war zufrieden. Reue war der erste Schritt zurück auf den heiligen achtfachen Pfad. Ohne ihn weiter zu beachten, kletterte der Bodhisattva aus dem Kessel heraus.

Unten erwarteten ihn die anderen roten Dämonen. Sie bauten sich im Kreis um ihn auf. Sie waren aggressiv. Rati war wütend abgerauscht. Ihre Rache könnte furchtbar ausfallen. Jeder der Dämonen fürchtete Rati, deshalb begannen sie, Kshitigarbha zu umringen. Mit langsamen Schritten näherte sie sich ihm. Er machte sich bereit für den Angriff. Plötzlich landete direkt vor ihm der Herr der Pyramide. Dann brüllte er wie ein wilder Löwe.

Alle Dämonen und auch die kleinen Kobolde sahen ihn entsetzt an. Dann zog er seine Peitsche und wedelte mit ihr in der Luft herum und ließ sie knallen. Auf einmal drehte er sich um und beugte sich zum Bodhisattva runter. Er flüsterte Kshiti zu, dass er keinem was tun würde und die Peitsche nur ein Bluff war. Der Bodhisattva nickte verstehend.

Zum Glück war er der Einzige, der wusste, dass der Herr der Pyramide sein Mitgefühl zurückgewonnen hatte. Die Höhlenbewohner verkrochen sich in ihre Löcher. Als alle verschwunden waren, liefen Kshitigarbha und der rote Gigant zurück zur Pyramide.

Als der Drache sie friedlich zusammen ankommen sah, stieß er einen heftigen Feuerstrahl in die Luft. Wie eine schnurrende Katze kam er zum Herrn der Pyramide und ließ sich den Kopf tätscheln. Auch der Bodhisattva strich ihm einmal über die Schnauze. Dann kletterten sie auf die Pyramide. Oben angekommen, bot der Herr der Pyramide dem Bodhisattva seinen Thron an. Dieser lehnte demütig ab, aber dankte für die Geste. Als sich stattdessen der Herr der Pyramide in seinen Thron fallen ließ, begann er Kshiti seine Gedanken mitzuteilen.

Der Bodhisattva hörte ihm genau zu. Bei jedem Wort drang er durch die Oberfläche. Denn er wollte verstehen, was sich für tiefere Motive hinter den Worten verbargen. Der rote Gigant erklärte zum Schluss, dass er Angst hatte, nie wieder den Heilsweg betreten zu können. Unter dem Einfluss Ratis hatte er furchtbare Verbrechen begangen.

"Niemand außer einem Buddha entkommt seinem Karma, aber es ist nie zu spät, wieder gutes Karma zu schaffen."

Der Herr der Pyramide nickte leicht. Er hatte den Wink mit dem Zaunpfahl verstanden. Dann wollte er von Kshiti wissen, was er tun sollte, um sein Karma zu reinigen. Der Bodhisattva lächelte, er sah sich um und öffnete weit die Arme. Der rote Gigant guckte verwirrt. Kshiti begann zu lachen und erklärte ihm, dass dieser Ort alles bot, um daraus ein Paradies zu machen.

Der Herr der Pyramide lachte, als ob Kshiti einen Witz gemacht hätte. Als der jedoch ruhig blieb, sah er ihn verwirrt an. Einige Gedanken ratterten durch seinen Kopf. Die geistige Mühle mahlte. Auf einmal fixierten die Augen des Roten den Bodhisattva. Ihr Blick hielt einige Zeit stand, dann nickte der Herr der Pyramide.

Kshitigarbha lächelte. Seine Mission war erfolgreich. Mit seinem transzendenten Dharmaauge folgte er den zeitlichen Strängen des neuen Karmas, das der Herr der

Pyramide erzeugen würde. Ohne Pause würde er sich dieser kleinen Höhlenwelt annehmen. Anfangs hatte er gar keine Wahl, als auf seine körperliche Überlegenheit zu setzen, um die anderen Dämonen und Kobolden zu zwingen, sich mit der heilsamen Weisheit des Dharmas auseinanderzusetzen. Aber wenn die Saat ausgebracht und ausreichend gedüngt und gewässert worden wäre, würde sich die kleine Hölle in ein halbes Buddhafeld verwandeln.

Im Ghetto

"Drei gibt´s dafür!"
Es nervte JJ. Immer kamen diese Junkies an und feilschten mit ihm. Dabei saß er am längeren Hebel. Seiner Gang gehörten diese vier Blocks. Wer hier etwas wollte, musste zu ihnen. Die Geschäfte liefen gut. Während im Rest der Stadt die Mieten exorbitant gestiegen waren, war ihr Viertel bisher davon verschont geblieben. Das hatte einen zweiten Vorteil.
Mit den gestiegenen Mieten war auch besseres Klientel in die Häuser gezogen. Diese Leute hatten Beziehungen. Vor allem waren sie der Politik nicht egal. Darum hatten sie die Patrouillen der Streifenhörnchen massiv aufgestockt. Denn die Wähler wollten Sicherheit.
In ihren Blocks ging niemand wählen. Während der Rest der Stadt von der Polizei geflutet wurde, ließ sie sich hier nur blicken, falls ein Mord passiert war. Das kam zwar häufig vor. Aber wenn nicht schweres Geschütz oder Sprengstoff dabei benutzt worden waren, waren die Bullen

so schnell wieder verschwunden, wie sie gekommen waren. Niemand wollte lange in ihrem Revier sein. Denn nirgendwo war es sicher.

Die einzigen Geschäfte, die hier noch liefen, waren der Drogenhandel und die Straßenprostitution. Abends brannte das Geschäft auf den Straßen. Malek hatte befohlen, dass zwischen sechs Uhr abends und Mitternacht kein Streit ausgetragen werden durfte. Was Malek sagte, war Gesetz. Er war der Anführer ihrer Gang und im Geheimen der Pate des Viertels. Sein Wort war Gesetz. Selbst die Cops wussten das. Ehe sie eine Razzia durchführten, schickten sie immer ein Team in Zivil zu ihm. Ohne Maleks okay, hätte jede Razzia zu einer Schießerei geführt. Kein Cop wollte wegen seines Hungerlohns ins Gras beißen.

"Drei!"

Es nervte. JJ hatte die Schnauze voll. Seit zwei Jahren hatte er die Ecke. Er machte die besten Umsätze. Malek lachte jedes Mal zufrieden, wenn er das Geld zum Zählen brachte. Es war Zeit für eine Beförderung. Er war bereit, Sergeant zu werden. Er würde es besser machen als Kassim. Das Einzige, was der den ganzen Tag tat, war Chicken-Wings zu essen und sich mit seiner Karre herumkutschieren zu lassen. Er hatte keine Ahnung vom harten Geschäft. Selbst das Dope streckte er auf eine beschissene Weise. Im letzten Monat waren ihnen zwei Junkies verreckt. Wenn es so weiterging, würde es sich herumsprechen und die Leute ihr Dope woanders kaufen.

"Bitte vier Gramm. Ich brauche das Zeug. Meine Mum ist verreckt und der Schmerz ist extrem!"

JJ zog seinen Pullover hoch und ließ seine Glock blitzen.

Das Ding machte Eindruck. Der Junkie knirschte mit den Zähnen und gab ihm das Geld. JJ nahm es, nickte zu Michael an der Ecke und zeigte drei Finger.

Während er zusah, wie sich der Junkie sein Dope abholte, fuhr er über den Griff seiner Waffe. Bisher hatte er erst einen damit abgeknallt. Die Kugel war zum Glück durch ihn durchgegangen, sonst hätte er das Ding entsorgen müssen. Malek hatte sie ihm vor einem Jahr als Belohnung geschenkt. Damals hatte ihn das stolz gemacht, aber heute wollte er mehr.

Plötzlich sah JJ erschrocken hoch. Kurz dachte er, die Bullen würden auftauchen. Aber es war kein Blaulicht. Trotzdem leuchtete es genauso. Er blickte zu Michael. Auch der starrte irritiert zum Park rüber. Als sich ihre Blicke trafen, nickte JJ kurz. Michael verstand sofort. Er deponierte den Beutel mit dem Dope hinter einem losen Brett in der Hauswand. Dann zog er seine Waffe und lief zu JJ. Der erwartete ihn mit seiner Glock auf der anderen Straßenseite.

Das Leuchten war mittlerweile kleiner geworden. Doch der lila Glanz hing noch immer über einigen Büschen im linken hinteren Teil. JJ nickte und Michael lief los. Hinter sich sah er, wie zwei weitere aus ihrer Gang aufgetaucht waren. Sie merkten, dass etwas lief. Einer von ihnen hatte ein Sturmgewehr aus dem Versteck geholt und rannte über die Straße.

Im Park war alles wie immer. Die Junkies suhlten sich auf den Parkbänken. Einige lebten gerade ihren Rausch aus. Andere hingen in ihren Zelten mit toten Augen oder wärmten sich an der Tonne, die jede Nacht brannte. Als sie ihre Knarren sahen, verkrochen sich alle in ihren Löchern. JJ näherte sich mit den beiden anderen Michaels Position. Er hatte einige Meter vor ihnen angehalten.

Zu JJs Verwunderung starrte er gebannt auf den Rest des lila Leuchtens. Normalerweise hätte er ihnen Zeichen geben müssen, wie es ihnen Malek eingeschärft hatte. Denn das war Maleks Art. Nach einer harten Jugend hatte ihm ein Jugendrichter angeboten, seine Schuld an der Gesellschaft beim Militär abzuarbeiten. Ohne zu zögern, hatte er damals angenommen. Seine halbe Familie hatte im Knast gesessen und er hatte keine Sehnsucht, bei ihnen zu sein. Acht Jahre später hatte ihn das Militär mit allen Ehren entlassen. Sie hatten aus ihm eine Kampfmaschine gemacht. Er verfügte über gute militärische Drills, und sie mussten jede Woche mit ihm trainieren.

Die Gang war ein eingespieltes Team. Sie beherrschten die Blocks nicht, weil sie so nett waren. Vor ein paar Jahren hatte es zwei Konkurrenten gegeben. Die Erste hatte Malek sofort ausgeschaltet. Zumindest glaubten das die Blocks, denn von einem auf den anderen Tag hatten sie alle führenden Mitglieder mit Schusswunden aufgefunden. Den restlichen Mitgliedern hatte Malek ein Angebot gemacht und jeder hatte angenommen. Sie waren ihnen beigetreten, denn keiner hatte Lust, auch mit einem Loch in der Brust aufzuwachen.

JJ übernahm das Kommando. Im Geheimen wurde er seit langem als Maleks rechte Hand wahrgenommen. Die anderen Leutnante waren Schlaftabletten. JJ wusste, dass Malek das auch wusste. Alles, was noch fehlte, war eine echte Bombe. Vielleicht war dieses Ding die Chance.

Mit mehrfachem Kopfnicken sicherte sich JJ ab. Malek hatte ihnen das antrainiert. So wusste JJ, alle waren bei der Sache und bereit, jeden seiner Befehle auszuführen.

Er schickte die beiden Nachläufer zu den Flanken. Wer auch immer sich im Gebüsch verbarg, würde vielleicht abhauen wollen, sobald er JJ sah. Aber die Fluchtwege waren blockiert. Entweder er ergab sich oder die Kugeln würden ihn eines Besseren belehren. Als alle auf ihrer Position waren, biss JJ die Arschbacken zusammen und zwängte sich durch die ersten Äste.

Zum Glück war das Gestrüpp ohne Dornen. Seine Jacke war nagelneu und hatte ein Vermögen gekostet. Es war sein Lieblingsbasketballteam. Das Teil war Original und nicht das gefälschte Zeug, das immer von den Trucks verkauft wurde. Ein Zweig biss ihm in die Wange. Genervt schob er ihn weg. Kurz vergaß er sogar das Licht, weil der Ast so nervte.

Die Gestalt vor ihm bemerkte er erst jetzt. Das Leuchten umhüllte sie. Ihre Umrisse sahen ganz normal aus. Was das Leuchten verursachte, konnte er noch immer nicht erkennen. Es hing irgendwie in der Luft. Zwar war es da, aber ihm war nicht klar, woher es kam. Er machte den nächsten Schritt. Die Büsche lichteten sich. Zwar war JJ noch nie hier drin gewesen, aber er wusste, dass sie die Junkies gern nutzten. Wahrscheinlich waren sie öfter hier drin und hatten die Büsche ausgerissen.

Das Innere hatte fast die Größe einer Zelle. Ungern erinnerte er sich an das Jahr im Knast, aber es passte so schön. Das Leuchten stand inmitten der kleinen Lichtung. Es hüllte einen Mann ein, aber schien immer schwächer zu

41

werden.

Michael rief von draußen. JJ antwortete ihm, dass alles okay sei. Aber es war nicht okay. Was er sah, war krass. Vor dem Gebüsch war alles normal gewesen. Jetzt wirkte es, als ob ihm jemand LSD untergejubelt hätte. Denn was er sah, waren die krassesten Optiken. Je näher er kam, desto mehr entdeckte er. Durch die Luft flogen kleine Lotosblüten aus reinem Licht. Wilde Spiralen entstanden aus dem Licht. Aber das Heftigste war der Mann. Er begann sich zu materialisieren, als ob sie in einem Sci-Fi-Film wären. Seine Haut leuchtete rosa und ihn umgab ein lila Schein. Dann trafen sich ihre Blicke.

Diese Sanftheit berührte JJ sofort. Er hatte noch nie einen vergleichbaren Blick gesehen. Es lag etwas Weiches darin und zugleich hatte er den Eindruck, dass diese Augen ihn bis aufs Mark durchschauten. Obwohl er sich vorkam wie ein gläserner Mensch, fühlte er sich nicht missbraucht. Es war genau das Gegenteil. Es fühlte sich gut an, weil diese Augen ihn wirklich verstanden.

Dann veränderte sich das Licht. Es wurde dunkler. Auch das Aussehen des Mannes veränderte sich. Zuerst verschwand das lila Leuchten. Dann verwandelte sich die rosa Haut. Ganz langsam wurde die Haut braun wie Schokolade. Am Ende war er noch dunkler als JJs Granny und die war wirklich dunkel. Plötzlich wuchs ihm auch noch ein 3-Tage-Bart.

JJ wurde klar, was er zu tun hatte. Etwas Instinktives hatte sein Mitgefühl ausgelöst. Er ging zu dem Unbekannten. Dann zog er eines seiner T-Shirts aus und reichte es dem Unbekannten. Der griff zu. In seinem Griff lag etwas

Sanftes. Er zog es sich über den Kopf. Dann flüsterte JJ ihm zu, dass er ab jetzt sein Cousin Karim aus dem Norden sei. Der Mann nickte und JJ fühlte sich wieder so tief in seinem Herzen berührt, wie noch nie zuvor; selbst dann nicht, wenn ihm Malek das gute Zeug zum Schniefen gegeben hatte.

Als ob er seine Gedanken gelesen hatte, lief der Mann los. JJ lächelte und lief ihm hinterher. Als JJ durch Gebüschs trat, sah er in den Lauf von Michaels Knarre. Michaels Augen huschten zwischen Karim und ihm hinterher. Erst als JJ nickte, senkte er den Lauf.

"Entspannt euch, Jungs!", rief JJ, "das ist mein Cousin Karim und das Leuchten war Feuerwerk von Silvester."

Michael kniff die Augen zusammen. Sie kannten sich seit Kindertagen. Er konnte riechen, wenn etwas nicht stimmte. JJ hielt dem Blick stand und lächelte. Kurz bevor es zum Starren wurde, senkte Michael den Blick und steckte seine Waffe weg. JJ stellte Karim den anderen vor. Als sie mit den Händen einschlugen, sprach Karim das erste Wort. Der tiefe Bass in seiner Stimme streichelte JJs Herz. Den Jungs schien es genauso zu gehen. Sie lachten Karim an und klopften ihm auf die Schulter. Endlich löste sich auch Michael und begrüßte ihn als Bruder.

Die beiden Jungs verzogen sich, und sie liefen zurück zur Ecke. Michael lief zum Haus rüber und machte sich unsichtbar. Eine alte Frau erwartete sie schon. JJ kannte sie genau. Sie war eine von seinen Regulars. Jeden Tag kam sie mit Scheinen an und holte sich ihre Steinchen. Er war schon dabei seine Hand auszustrecken, da spürte er etwas Warmes auf sich.

Karims Hand lag auf seinem Arm. Die Wärme hatte etwas von Sonnenschein. Es war zärtlich und zugleich hatte es eine Dominanz, die ihn an Malek erinnerte. Langsam zog er die Hand zurück. Karims Hand glitt einfach weiter und landete auf der Schulter der alten Frau. Für einen Moment glaubte JJ wieder die lila Aura zu sehen. Sie ging von Karims Hand aus und hüllte die alte Lady ein.

JJ sah fasziniert zu. Er konnte nicht sagen, was da vor sich ging. Die beiden begannen, sich zu unterhalten. Er kannte die alte Frau ganz genau. Sie kam jeden Tag. Sie sah aus wie ein Wrack und er fragte sich, wer für diesen verbrauchten Körper noch Geld bezahlte. Doch sie kam jeden Tag mit frischer Kohle an.

Karim stellte ihr viele Fragen. Sie beantwortete jede einzelne. Doch das war für JJ nicht das Faszinierende. Es waren ihre Augen. In den letzten Monaten hatte er sie jeden Tag gesehen. Sie wirkten immer gehetzt. Sie waren wie eine Art Spiegel, hinter dem eine tiefe Furcht verborgen lag. Jetzt veränderte sich dieser Blick.

Mit jeder weiteren Frage öffnete sich ihr Blick. Sie hob ihren Kopf und sah Karim mit jedem Wort zärtlicher an. Plötzlich zogen sich ihre Mundwinkel hoch und sie begann zu lächeln. JJ hatte sie noch nie wirklich lächeln sehen. Zwar leuchteten ihre Augen, wenn Michael ihr die Crack-Steine gab. Aber das war etwas komplett anderes.

Fast zehn Minuten redeten die beiden miteinander, bis Karim ihre Sucht ansprach. Er fühlte mit seinen Worten ihrem Schmerz nach. Sie nahm jedes seiner Worte an. Dann waren sie beide für einen Moment still. Sie blickten sich an und ihre Augen standen still. JJ fragte sich, was da vor sich ging. Dann nickte Karim und mit einer kleinen Verzögerung nickte die alte Lady auch. Die beiden umarmten sich. Ehe sie von dannen zog, warf sie JJ noch ein Lächeln zu.

Mit Fragezeichen in den Augen sah er ihr hinterher. Er fragte sich, was er gerade erlebt hatte. Sie war ein Junkie. Sie brauchte ihr Crack. Jeden Tag kam sie und holte es sich bei ihm ab. Aber jetzt lief sie weg, als ob ihre Sucht geheilt wäre.

JJ brauchte eine Pause. Er nickte zu Michael rüber. Der zückte sein Telefon und rief die anderen Jungs, um die Ecke zu übernehmen. Dann holte er den Wagen und sammelte JJ und Karim ein. Zusammen fuhren sie zum Burgershop. Sie fuhren in den Drive In. JJ und Michael bestellten Burger, als Karim nur ein paar Pommes und Wasser wollte, waren sie kurz verwundert. Aber die Burger kamen schnell und sie stopften sich voll.

Plötzlich vibrierte Michaels Telefon. Er stopfte den angebissenen Burger wieder in die Pappschachtel und fischte das Handy aus der Hosentasche. Er las die Nachricht und stöhnte. Während er JJ die Ghettofaust entgegenstreckte, nuschelte er, dass seine Mum ihn brauchte. Dann streckte er noch Karim die Faust entgegen und hastete aus dem Auto. JJ kroch vom Beifahrersitz auf den Fahrersitz und bat Karim, sich nach vorne zu setzen.

JJ schluckte gerade das letzte Stück seines zweiten Burgers runter, als Karim die Beifahrertür schloss. Der hatte seine Pommes bereits aufgegessen. Verstohlen schaute JJ zu Karim rüber und ihm wurde bewusst, wie abstrus die ganze Situation war. Karim schien seine Gedanken gelesen zu haben. Er faltete die Hände und verneigte sich. Dann sagte er, dass sein Name Kshitigarbha wäre. JJ nickte lächelnd. Der Name klang exotisch, aber er passte auf komische Weise genau zu Karims Aura.

Auf einmal öffnete Karim seine Handfläche. Zuerst nahm JJ das nur beiläufig wahr. Doch plötzlich begannen sich über der Handfläche kleine rosa und lila Funken zu bilden. JJ lächelte, dann schluckte er. Das war so verrückt wie das Licht im Gebüsch. Aus den Funken wurden leuchtende Stränge. Die Stränge drehten sich wild im Kreis. JJ sah fasziniert zu, dann bemerkte er, dass in der Mitte ein Schatten entstand. Es war genauso wie im Park und nach und nach wurde das Bild klarer.

JJ riss die Augen auf. Als das Bild klar geworden war, war ihm kurz der Kiefer runtergeklappt. Sein Blick schweifte zwischen Kshitigarbha und dem Bild über seiner Hand hin und her. Sein Lächeln verschwand. Denn mit jeder Sekunde kamen ihm mehr Bilder in den Kopf. Sie alle liefen auf Probleme hinaus. Vielleicht war es doch ein Fehler gewesen, den Unbekannten als Cousin auszugeben.

"Ming", flüsterte JJ.

"Ming?", erwiderte Kshiti.

JJ nickte zähneknirschend. Wenn es ein Thema gab, über das niemand in der Gang sprach, dann war es diese Frau. Es gab unausgesprochene Legenden. Einmal hatten zwei Huren aus ihrem Gang-Puff darüber geschnackselt. JJ hatte gerade dagesessen, weil er Malek die Tageseinnahmen zum Zählen bringen wollte. Sie redeten über die kranke Beziehung zwischen ihr und Malek. JJ fand das lustig, denn wenn die beiden etwas krank fanden, dann musste das was heißen. Schließlich hatten viele Kunden die perversesten Sonderwünsche.

Leider hatten die beiden Nutten Pech gehabt. Denn gerade als sich die Rothaarige kichernd in Rage geredet hatte, trat Malek hinter ihr ins Zimmer. Erst wurden alle anderen ruhig. Die Rothaarige redete einfach weiter und merkte erst nach einigen Sekunden, dass alle anderen betreten nach unten guckten. JJ sah den Schlag schon kommen, denn er kannte Malek. In dem Moment, als sie sich nach hinten umdrehte, kam bereits die Schelle.

Maleks Rückhand kam mit einer extremen Heftigkeit geflogen. Sie flog einen halben Meter durch die Luft. Zuerst knallte sie gegen die Wand und rutschte dann auf den Boden. Keiner stand auf, um ihr zu helfen. Sie selbst wagte auch nicht aufzugucken und starrte betreten auf den Boden.

Malek ließ seinen Blick schweifen. Statt etwas zu sagen, zog er seine zwei Shirts hoch und ließ seine Hand über den Griff seiner Waffe streifen. Er sah jedem im Raum eine Sekunde ernsthaft in die Augen. Niemand hielt seinem Blick stand. Auch wenn keiner etwas Genaues über Ming wusste, sie kannten alle die Geschichten von Typen, die es gewagt hatten, Ming anzubaggern. Einen hatte Malek wirklich einmal auf dem nächsten Laternenpfahl aufhängen lassen. Selbst die Polizei hatte sich erst am dritten Tage getraut, seine verwesende Leiche abzuhängen. Die Leute versteckten sich seit damals, sobald Ming die Straße entlanglief. Natürlich lief sie nie allein. Malek ließ sie immer von einem Bodyguard bewachen. Ob er dafür da war, um Ming vor Angreifern zu beschützen oder zu verhindern, dass sie wegläuft, wusste niemand so genau. Sie blieb ein Rätsel mit sieben Siegeln. JJ hatte sich schon lange damit abgefunden. Er hatte genug eigene Probleme. Doch das Bild über Kshitis Hand holte die offenen Fragen zurück.

JJ drehte den Kopf weg und schnappte sich die Coke. Er schlürfte den Rest der Cola laut durch den Strohhalm. Insgeheim hoffte er, das Geräusch würde die Gedanken unhörbar machen. Aber sie hämmerten gnadenlos. Verstohlen blickte er zurück zu Kshitis Hand. Das Bild war noch immer da. Ming kniete vor ihrem Schrein. Jedes Detail stimmte. Er fragte sich, woher Kshiti das wusste und natürlich, wie er das Bild überhaupt erzeugte.

Einmal war er bei Malek gewesen und hatte sie vor dem Altar knien gesehen. In der Mitte hatte eine Buddhastatue gestanden. Davor hatte ein kleiner Kübel gestanden. Er war mit Sand gefüllt und sie hatte drei Räucherstäbchen reingesteckt. Sie verbreiteten den Duft, der ständig in Maleks Haus hing. Ihre Hände waren gefaltet und ihre Augen geschlossen gewesen. Ihre kleinen zarten Lippen hatten etwas geflüstert, was JJ nicht verstanden hatte.

Langsam löste sich das Bild auf. Am Ende blieben ein paar leuchtende Funken zurück und flogen durchs Auto. Als der Letzte verschwunden war, drehte JJ den Kopf und blickte in Kshitigarbhas abwartende Augen.

Die Macht in diesem Blick war anders als alles, was JJ jemals gesehen hatte. Kurz überlegte er, ob Karim eine Art Engel war. Denn diese Sanftheit war nicht von dieser Welt. Doch langsam mischte sich auch etwas anderes in seinen klaren Blick. Es war eine Frage. Kshiti musste sie nicht aussprechen. JJ verstand ihn auch so. Er wollte seine Hilfe, um Ming aus Maleks Krallen zu reißen. Stumm und gegen seinen Willen nickte JJ.

Erst nach ein paar Sekunden merkte JJ, dass das Geräusch aus dem Strohhalm nervte. Der Becher war längst leer, aber er schlürfte immer noch. Wütend warf er ihn in die Tüte. Er knüllte die Reste der Verpackungen zusammen und stopfte sie dazu. Dann ließ er den Motor aufheulen. Im Schritttempo fuhr er bis zum Schalter. Mit schlechter Laune drückte er den Müll der Verkäuferin in die Hand. Die wusste genau, wer er war und nahm die Tüte mit ängstlichem Blick entgegen.

Sie fuhren zurück zur Ecke. Zwei neue Jungs hatten die Ecke übernommen. JJ ließ sich die Tageseinnahmen geben. Er zählte die Scheine. Trotz seines Ausfalls war es ein guter Tag. Egal, wie schlecht es im Land lief, die Junkies hatten immer genug Geld. Er hatte aufgehört, sich darüber Gedanken zu machen, woher sie das Geld kriegten. Sie schliefen in leerstehenden Häusern, trugen jeden Tag dieselben Klamotten, aber Geld für Dope hatten sie immer.

Er ließ den Motor des Wagens besonders laut aufheulen. Zähneknirschend startete er. Er musste zu Malek. Sonst war das kein Problem. Aber mit seinem neuen Cousin Karim im Schlepptau bekam er Bauchschmerzen. Komischerweise verlangte eine innere Stimme von ihm, Karim nicht einfach loszuwerden. Er fühlte sich für ihn verantwortlich. Er wusste nicht warum, aber sein Bauch sagte ihm, dass es die einzig richtige Entscheidung war. Also raste er die Straße runter bis zu dem alten Puff.

Er befahl Kshitigarbha im Wagen zu warten. Der nickte nur kurz. Komischerweise verschränkte er dann die Beine auf dem Beifahrersitz und legte die Handflächen im Schoß zusammen. JJ kannte diese Haltung. Die Statue auf Mings kleinem Altar sah genauso aus und auch Ming hatte schon ein paarmal so dagesessen, als er zu Malek gegangen war, weil sie eine strategische Besprechung hatten.

Hinter Maleks Tür saß wie üblich der Panzer. Wie sein richtiger Name war, wusste keiner. Malek hatte ihn vor langer Zeit angeschleppt. Seine Haut war schneeweiß und sein Haar aschblond. Er hatte etwas von einem Albino und wirkte in der Gang jedes Mal wie die Vanillesoße auf dem Schokopudding. Alles, was sie wussten, war, dass sie Kameraden im Krieg gewesen waren. Malek vertraute ihm blind.

Der Panzer redete nicht viel. Die einzige Ausnahme waren die Drills. Wenn sie Malek zum Training bestellte, dann begann der Panzer plötzlich wie eine Maschine zu reden. Sein Akzent verriet, dass er irgendwo aus dem Norden kommen musste. Aber was er sagte, verriet seine große Expertise und wenn er sie prüfte, dann war er knallhart. Selbst Malek wirkte dann neben ihm wie ein zahmer Schoßhund. Waffen, Militär und vor allem Gewalt waren seine zweite Natur.

Wie üblich kippte der Kopf des Panzers einmal leicht nach links und rechts. Er nahm jeden ins Visier, der sich näherte. Sie kannten sich jetzt seit mehreren Jahren. Aber der Panzer vertraute niemandem. Außer Malek scannte er jeden und JJ war sich sicher, dass er auch online tausend Tracker an jeden aus der Gang geheftet hatte.

Nach einem kurzen Klopfen öffnete der Panzer die Tür leicht. JJ schlüpfte durch den Schlitz. Malek knöpfte sich gerade die Hose zu. Eine der Nutten lächelte JJ verschwörerisch an. Malek gab ihr einen harten Klaps auf den Hintern. Sie stöhnte kurz vor Schmerzen, trollte sich aber dann mit einem fetten Grinsen davon. Als sie das Hintertürbüro verlassen hatte, packte JJ das Bündel Scheine auf den Tisch. Malek ließ es durch die Maschine laufen. An einem kurzen Blitzen in Maleks Augen erkannte JJ, dass er zufrieden war. Nach einigen kurzen Rückfragen verließ JJ den alten Puff wieder. Draußen angekommen, riss er die Augen erschrocken auf.

JJ lief zur Straße und starrte sie einmal rauf und runter. Der Wagen war nicht zu sehen. Auch von Karim fehlte jede Spur. JJ lief zurück zum Puff und fragte den Türsteher. Von ihm erfuhr er, dass Karim vor etwa zehn Minuten mit dem Wagen abgerauscht war. JJ knirschte mit den Zähnen. Er hatte keine Ahnung, wo er hingefahren sein könnte. Dann hatte er einen Geistesblitz.

Auf einmal begann er zu lächeln. Ihm war eingefallen, dass er eine App auf seinem Handy hatte, um den Wagen zu tracken. Das Ding war automatisch drin. Für den Fall, dass es geklaut wurde, konnten sie es genau orten. Er entsperrte seinen Handyscreen und klickte auf die App. Nach einigen Sekunden lud sich die Karte und zeigte einen blauen Punkt, wo das Auto jetzt war.

JJ fluchte. Das Einzige, was noch schlimmer war, als dass Karim das Auto geklaut hatte, war der Ort, an dem es stand. Zum Fluchen war später noch Zeit. Zuerst musste er das Schlimmste verhindern. Zum Glück war der Ort nur zwei Querstraßen entfernt. Er nahm die Beine in die Hand und sprintete los.

Von Weitem sah er den Wagen schon. Er stand auf der anderen Straßenseite vor dem Haus. Einige Sekunden später sah er, dass Karim an den Wagen gelehnt war und das Haus beobachtete. JJ entspannte sich ein wenig. Immerhin schien noch nichts passiert zu sein. Als er dann den Wagen erreichte, löste sich seine Wut wie durch ein Wunder auf. Wieder war es Karims ruhige Aura, die ihn einfach beruhigte. Er lehnte sich an den Wagen neben Karim und zündete sich einen Blunt an.

Der Rauch stieg in die dunkle Nacht. Karim hatte kein Wort gesagt, aber den Blunt dankend abgelehnt. JJ entspannte sich mit jedem Zug mehr. Im Haus waren einige Fenster erleuchtet. Bisher hatten sie jedoch weder einen Bodyguard noch Ming gesehen. JJ hoffte, dass es so bleiben würde, aber in diesem Moment erschien ein Schatten im Fenster.

Es war die Küche. Sie lag rechts neben dem Flur. JJ kannte sich genau aus. Auch das Gesicht kannte er genau. Dort, wo Ming stand, war die Spüle. Scheinbar wusch sie das Geschirr ab. Malek verlor selten ein Wort über sie. Einzig über ihre Kochkünste ließ er sich regelmäßig aus. Ein paar Mal hatte er JJ davon kosten lassen. Er hatte anerkennend genickt.

"Wir müssen hier weg!"

"Warum?"

"Sie wird bewacht!"

Aus dem Augenwinkel bemerkte JJ, wie sich Karims Augen zu schmalen Schlitzen verengten. Seine Energie veränderte sich. Das Sanfte wich und machte einer Art Urgewalt Platz. JJs Mund klappte auf und er drehte den Kopf. Äußerlich sah Karim aus wie zuvor. Aber nichts von Karim machte sein Aussehen aus. Das, was ihn besonders machte, war seine Energie. Vom ersten Moment an war sie sanfter gewesen als alles, was JJ sonst kannte. Es hatte ihn magisch angezogen. Jetzt machte es ihm Angst. Das Schlimmste war, dass es ihn an Maleks Art erinnerte. Wenn diese zwei Bullen aufeinandertreffen würden, dann würde es explodieren.

JJ riss sich aus seiner Starre und öffnete die Autotür. Er setzte sich hinters Lenkrad. Gerade als er sich fragte, was er tun sollte, wenn Karim blockierte, löste sich der und kam rüber zur Beifahrerseite. Als die Beifahrertür zuschlug, startete JJ den Motor. Langsam ließ er den Wagen losrollen. Erst nachdem Maleks Haus außer Sicht war, drückte er aufs Gas.

Statt direkt nach Hause zu fahren, lenkte er den Wagen in Richtung Innenstadt. JJ wollte noch nicht nach Hause. Zum einen wusste er noch nicht, wie er seiner Mama die Anwesenheit Karims richtig verkaufen sollte. Schließlich kannte sie alle seine Verwandten. Außerdem brauchte er Abstand vom Block. Zu seinem Glück kannte er den Wachmann am Pier. Er drückte aufs Gas. Am Pier angekommen, drückte er ihm ein Beutelchen in die Hand und die Schranke ging hoch.

Er fuhr am Pier entlang. Einige große Schiffe lagen vor Anker. Außer einigen dunklen Gestalten war der Hafen leer. JJ ließ den Wagen bis zum Ende rollen. Dann griff er sein Gras und rollte sich einen frischen Blunt. Als er fertig war, stieg er aus. Er lehnte sich vorne auf die Motorhaube. Dann ließ er sein Benzinfeuerzeug klicken und atmete den Rauch ein.

Kshitigarbha ließ sich Zeit, ehe er sich zu JJ gesellte. Der blies eine riesige Rauchwolke in die Luft. Sie starrten aufs Meer hinaus. Das Plätschern der Wellen war zu hören, die gegen den Pier schwappten. Eine Möwe landete vor ihnen auf einem gelben Poller. Dann räusperte sich JJ, ehe er leise fragte:

"Was willst du von Ming?"

"Sie hat mich gerufen?"

JJ war verwirrt. Er hatte mit vielen Antworten gerechnet. Aber diese Antwort verwirrte ihn. Kannten sich die beiden? Er fragte Karim, doch dieser verneinte es. Das machte die Antwort noch verwirrender. JJs Gedanken begannen zu rattern. Nichts ergab Sinn. Erst als Karim seine Hand ausstreckte, wurde er innerlich ruhig.

Während er lange an seinem Blunt zog, bildeten sich wieder kleine leuchtende Funken über Karims Handfläche. Als Nächstes bildeten sich bunte Stränge und dann entstand in deren Mitte ein Bild. Nach und nach kristallisierten sich die Umrisse deutlich sichtbarer heraus. Es war Ming und sie kniete vor ihrem kleinen Altar. Ihre Hände waren gefaltet. JJ sah, wie sich ihre Lippen schnell bewegten. Er hörte auch ihr Flüstern. Aber es war in einer anderen Sprache und er wusste nicht, was es bedeutet.

"Ich verstehe nicht?"

Karim sagte nichts. Stattdessen wischte er mit extremer Geschwindigkeit den Blunt aus Karims Hand. Die Glut rieselte auf den Beton. Gleichzeitig drehte sich Karim zu

JJ um und legte seine Handfläche auf dessen Stirn. Gerade als JJ die Hand wegschlagen wollte, riss ihn eine gewaltige Welle von den Füßen.

Er wusste nicht, was es war. Aber er hatte so etwas noch nie gespürt. Sein gesamter Körper schien sich im Hauch einer Sekunde aufzulösen. Zugleich spürte er seinen Geist so intensiv, wie es sonst nur auf gutem Koks war. Er war da und er war voll präsent. Dann blendete ihn ein Licht und er hielt sich schützend die Hände vors Gesicht.

Es dauerte einen Moment, ehe er sich ans Licht gewöhnt hatte. Langsam zog er die Hände weg und blinzelte. JJ schluckte. Sie waren nicht mehr am Pier. Vor sich erstreckte sich eine weite Ebene. Es war helllichter Tag, obwohl er keine Sonne am Himmel ausmachen konnte. Das Gras war grün, aber es war anders als das Gras im Park.

An der Stelle, wo Karim gestanden hatte, blickte ihn ein Mann mit kahlem Schädel an. Er trug eine Art Umhang. Eine Schulter war frei. Seine Haut strahlte und von seinem Kopf ging ein leichtes Leuchten aus. Erst als er in die Augen des Mannes guckte, wurde ihm klar, dass es nur Karim oder wie er sich genannt hatte: Kshitigarbha sein konnte. Denn dieser sanfte Blick war einzigartig.

Ein Schmetterling tauchte plötzlich auf. Instinktiv streckte JJ seine Hand aus und der kleine Schmetterling landete darauf. Seine zarten Flügel bewegten sich langsam. JJ lächelte. Das kleine Wesen war so zerbrechlich und er könnte es mit Leichtigkeit zerquetschen. Aber es vertraute ihm und das fühlte sich gut an.

Auf einmal streckte Kshitigarbha seine Hand aus und

zeigte zu einem nahen Hügel. Im selben Moment hob der Schmetterling wieder ab. JJ sah ihm wehmütig nach. Dann folgte er Kshitigarbha. Zusammen liefen sie bis zu dem kleinen Hügel. Oben angekommen, konnten sie über ein kleines Tal blicken. Ein Bach floss durchs Tal und viele kleine Hütten säumten seinen Weg.

Sie liefen ins Tal. In den Hütten saßen Männer mit kahlen Schädeln. Erst nach einigen Hütten wurde JJ klar, dass auch Frauen darunter waren. Ihre Schädel waren genauso kahlgeschoren wie die der Männer. Ihre Kleidung wirkte wie eine Art Umhang aus einem Fantasyfilm. Alle waren orange. Dann kamen sie zu einem kleinen Steinbau. JJ erkannte nicht den Sinn. Dann tauchte ein Mann dahinter auf. Ihm folgten weitere. Sie liefen im Kreis um den Steinbau. JJ sah ihnen verwirrt zu.

Kshitigarbha führte ihn weiter bis zu einem kleinen Wald. Auf einmal ließ er sich an den Wurzeln eines großen Baumes sinken. Mit einer Handgeste bat er JJ, sich auch zu setzen. Nachdem er sich gesetzt hatte, steckte Kshiti wieder seine Hand aus. Doch diesmal entstanden keine kleinen Funken. Dafür erschienen zwei Seifenblasen über seiner Handfläche.

JJ fühlte sich an seine Kindheit erinnert. Er hatte die Seifenblasen geliebt. Seine Granny hatte immer das Wasser dafür gemischt. Dann war er durch den Garten gelaufen und hatte Stunden damit verbracht, sie in die Luft zu blasen. Damals war die Welt noch in Ordnung gewesen. Auf einmal fiel ihm auf, dass sich das Licht komisch in den beiden Seifenblasen brach. Im selben Moment hob Kshiti seine Hand. Mit einer Geste lud er ihn ein, die

Seifenblase zu berühren. JJ ließ sich das nicht zweimal sagen. Das Platzen von Seifenblasen hatte er früher geliebt.

Sein Finger glitt nach vorne, um die Erste zu zerstechen. In dem Moment, als er sie berührte, ploppte ein Film in seinem Kopf auf. Erst waren es nur bunte Farben. Einen Augenblick waren sie wunderbar und er fühlte sich wie im Kinderparadies. Dann wurden die Farben dunkel. Schreie waren zu hören und Szenen entstanden. Aber sie waren nicht einfach nur da. Sie rasten in extrem schneller Geschwindigkeit dahin. Die eine Szene entstand, es passierte etwas, dann verflog sie und die nächste Szene tauchte auf.

Alle Szenen hatten zwei Dinge gemeinsam. Sie waren voll von Gewalt und Horror. Menschen wurden gefoltert und missbraucht. Gliedmaßen wurden abgehackt oder das Magazin einer Uzi entlud sich in einer Magengrube. Die zweite Gemeinsamkeit war Kshitigarbha. Er tauchte in jeder Szene auf. Dann tat er wunderliche Dinge und am Ende klärte sich die Dunkelheit auf und aus den Folterkammern wurden Orte der Weisheit.

Mehr als ein Dutzend dieser Szenen waren in Windeseile durch JJs Kopf gerast. Dann war er plötzlich zurück. Er blickte Kshiti ins Gesicht, aber auf einmal sah er ihn mit anderen Augen. Denn er war nicht nur eine merkwürdige Erscheinung. Er war irgendeine Art Superheld wie aus den Comics, die er als Kind geliebt hatte. Mit dem Finger wies Kshitigarbha auf die zweite Seifenblase hin.

JJ zweifelte. Sein Kopf fühlte sich nach der ersten Seifenblase wie Matsch an. Was er gesehen hatte, war einfach zu viel. Doch Kshiti sah ihn mit einer Art Lächeln an, zu der man nicht nein sagen konnte. Also berührte er die zweite Seifenblase. Wieder ploppte in seinem Kopf eine Szene auf und überstrahlte seine Augen, sodass er wieder voll in der Szene drin war.

JJ sah sich um. Sie waren in einer ländlichen Gegend. Es wirkte fast wie ein Dschungel. Kleine Holzhütten auf Stelzen standen herum. Er sah keine Seele, aber hinter sich hörte er Gewehrfeuer. Hastig drehte er sich um. Er hatte keine Lust, von den Kugeln getroffen zu werden. Einige Männer versteckten sich hinter den Wänden einiger Hütten. Dann fiel ihm plötzlich auf, dass die Hütten nicht so verwaist waren, wie es erst gewirkt hatte. Augen blickten ängstlich nach draußen. Er schaute genauer hin. Es waren Frauen und Kinder. Sie hatten sich Decken über den Kopf gezogen und es wirkte, als ob sie sich verstecken wollten.

Auf einmal sauste etwas an JJs Kopf vorbei. Noch ehe er realisierte, dass es Kugeln waren, drang das erste Geschoss in ihn ein. Gerade als er den Mund aufreißen wollte, um zu schreien, fiel ihm der fehlende Schmerz auf. Die nächste Kugel durchlöcherte seine Schulter. Wieder spürte er nichts. Ohne weiter darüber nachzudenken, drehte er sich um. Was er erblickte, überforderte ihn so sehr, dass ihm der Unterkiefer runterklappte.

Sein Gehirn hatte einige Sekunden gebraucht, um die Situation zu realisieren. Er kannte die beiden sehr gut. Aber sie sahen anders aus. Ihre Outfits überraschten ihn wenig, auch nicht, dass sie schwer bewaffnet waren. Aber ihre Gesichter waren jünger.

Der Panzer sah im Grunde gleich aus. Seine Gesichtszüge waren hart und rau. Er war einfach nur jünger. Bei dem anderen war der Unterschied gravierender. Es fehlte an der Bestimmtheit. Es fehlten seine berüchtigten Killeraugen und die natürliche Ausstrahlung als geborener Anführer. Maleks Augen waren einfach nur ängstlich.

Neben den beiden gab es noch ein volles Dutzend anderer Soldaten. Außer einigen Salven hielten sie sich zurück. Sie suchten ein Haus nach dem anderen ab. Bisher waren sie auf keine lebende Seele gestoßen. Aber JJ konnte ihre Gegner sehen. Es waren kleine Männer. Ihre Kleidung wirkte wie eine Art Uniform. Sie hatten Waffen, aber diese konnten nicht mit den Modellen von Malek und seinem Team mithalten.

Die ersten beiden stürmten vor. Ihre Waffen ratterten. Malek duckte sich ängstlich. Sein ganzes Team folgte seinem Beispiel. Nur der Panzer zuckte keine Sekunde. Er drückte einfach ab. Seine Kugeln trafen einen der beiden Angreifer sofort und rissen ihn von den beiden. Dann schwenkte der Panzer sein Gewehr und durchlöcherte den Zweiten.

Maleks Schrei zerschnitt die Luft. JJ kniff die Augen zusammen. Scheinbar war er von einer Kugel getroffen worden. Als Nächstes tauchte der Panzer wieder in JJs Blickfeld auf. Er rannte zu Malek. Nach einem kurzen Blick auf dessen Wunde an der Schulter gab er ihm drei schallende Ohrfeigen. Er schrie etwas von: Malek solle sich zusammenreißen. Sie wären Soldaten und keine kleinen Heulsusen. Malek biss wirklich die Zähne zusammen. Sein Blick veränderte sich und diesen Blick kannte JJ gut.

Die Härte in Maleks Augen war etwas, was das ganze Viertel fürchtete. In ihm gab es keine Gefühle. Er war eiskalt. Gnade konnte niemand von ihm erwarten. JJ begriff in diesem Moment, dass er diesen Blick nicht immer gehabt hatte. Er musste ihn hier gelernt haben und der Panzer war sein Lehrer. JJs Kopf begann zu rattern. Bisher war er immer davon ausgegangen, dass der Panzer nur ein dummer Bodyguard für Malek war. Aber die Abzeichen auf seiner Uniform zeigten, dass er Maleks Vorgesetzter gewesen war.

Malek stand auf. Die anderen Soldaten formierten sich ebenfalls. Zufrieden blickte der Panzer zu seiner kleinen Truppe. Dann riss er sein Gewehr in die Luft. Er feuerte sein gesamtes Magazin ab. Als es leer war, wechselte er es. Dann marschierte er los. Sein Trupp folgte ihm im Gleichschritt. Als sie auf JJ zukamen, riss dieser instinktiv die Hände hoch. Aber dann liefen sie durch ihn hindurch, als wäre er nicht da. Er sah ihnen verwirrt hinterher.

Lange blieb es nicht ruhig. Die ersten Verteidiger des Dorfes zeigten sich. Ihr Plan war gut. JJ kannte die Taktik. Aber wie eine Maschine schien der Panzer den Angriff vorausgesehen zu haben. Er feuerte, noch ehe sein Gegner abdrücken konnte. Mit einem riesigen Loch in der Brust wurde der Mann von seinen Beinen gerissen und weit zurückgeschleudert.

Scheinbar war das zu viel für die Dorfbewohner. Auf einmal stürmten sie aus allen Löchern. Der Einzige, der schnell genug reagierte, war der Panzer. Mit einem wilden Hechtsprung zur Seite schaffte er es aus der Schusslinie.

Der Soldat hinter ihm fraß die Kugeln. Blutüberströmt brach er zusammen. Aber er war nicht der Einzige. Auch zwei weitere wurden sofort von den Kugeln durchsiebt.

Mehr als vierzig Dorfbewohner, Männer, Frauen, Greise, einige wirkten sogar wie halbstarke Teenager, stürmten auf sie zu. Ihre Waffen waren alt. Einige sahen aus wie Repetiergewehre oder uralte Revolver. Aber sie schossen und unter der Übermacht hatte Maleks Truppe nicht viel, was sie dagegen tun konnten.

Die ersten Soldaten schafften es, ihren Abzug zu drücken. Drei Dorfbewohner gingen getroffen zu Boden. Aber der Angriff war noch nicht beendet. Als eine Kugel die Schulter eines der Soldaten traf, ließ dieser vor Schmerzen sein Gewehr sinken. Der Lauf klappte zur Seite, aber er hatte immer noch den Finger am Abzug. Mit dem Rest seines Magazins traf er die Wade eines Kameraden. Dieser ließ vor Schmerzen sein Gewehr fallen. Die Dorfbewohner erkannten ihre Chance und feuerten. Beide fielen getroffen zu Boden.

Die Reihe der Soldaten lichtete sich schneller als die der Dorfbewohner. Auch die treffsicheren Salven des Panzers änderten daran nichts. Denn ihr Erfolg hatte dafür gesorgt, dass noch ein weiteres Dutzend Dorfbewohner aus ihren Löchern gekrochen kam, um sich dem Angriff anzuschließen. Schließlich hatten sich außer dem Panzer nur Malek und zwei weitere Soldaten in Sicherheit gebracht.

Die Dorfbewohner waren schlau. Als der Panzer das checkte, fluchte er laut und schoss sofort, um es zu verhindern. Doch die Antwort kam schnell und er musste sich wieder in Deckung bringen. Diese Zeit nutzten die Dörfler, um sich die Ausrüstung der gefallenen Soldaten zu sichern. Mit besseren Waffen waren sie noch gefährlicher. Ohne zu zögern, probierten sie ihr neues Equipment aus. Drei der Dörfler zogen die Stifte aus den Handgranaten und warfen sie.

Der Panzer rettete sich, verlor aber sein Gewehr. Ein mütterliches, altes Weib sprintete wie ein sportlicher Jüngling los. Sie schnappte sich das Gewehr und richtete den Lauf auf den Panzer. Der riss gefrustet die Arme hoch. Die Alte wirkte nicht wie ein Soldat, aber die Art wie sie kämpfte, zeigte, dass diese Leute das Kriegshandwerk verstanden.

Malek und die anderen hatten sich hinter einem Haus verschanzt. Die Dörfler feuerten aus allen Rohren. Nach einem herzzerreißenden Schrei brüllte Malek etwas. Die Dorfbewohner lachten. Scheinbar hatten sie verstanden. Zwei Sekunden später kam Malek und ein Soldat mit erhobenen Händen hinter dem Haus vor. Den zweiten Soldaten gab es nicht mehr.

Sofort rannten zwei jungen Männer zu ihnen, um sie zu entwaffnen. Mit den Läufen im Rücken drängten sie die beiden zu Panzer. Einige junge Frauen kamen angelaufen und bespuckten sie. Malek wischte sich die Rotze aus dem Gesicht. Ängstlich sah er sich um. Auch der zweite Soldat sah ängstlich aus. Nur der Panzer funkelte weiter mit bösen Augen.

Die Dörfler beredeten etwas. JJ konnte nicht verstehen, was es war, aber plötzlich begann sich alles schneller zu bewegen. In Sekunden flogen die Bilder davon. Malek und die beiden anderen wurden gefesselt. Man schleppte sie in eine Hütte und zwei Männer wurden als Wache postiert. Dann lief die Zeit wieder normal. Der Panzer flüsterte. Malek und der andere Soldat hörten nervös zu. Dann begann der Panzer komisch an seinem Stiefel zu spielen. Plötzlich klappte ein Stück von seiner Sohle auf. Alle staunten, selbst JJ traute seinen Augen nicht. Der Panzer grinste siegessicher. Denn in seinem Stiefel hatte er ein kleines Messer verborgen.

Zuerst befreite er sich selbst. Als Nächstes befreite er seine Soldaten. Er zeigte ihnen mit dem Finger vor dem Mund, dass sie leise sein sollten. Mit leisen Schritten und geduckt schlich er bis zum Rand der Hütte. Ihre Wände waren sehr dünn. Davor sahen sie eine der beiden Wachen stehen. Ohne auch nur einen Moment länger zu zögern, schnitt er einen Schlitz in die Wand, riss sie auf, stand auf und rammte sein Messer in den Hals der Wache, während er ihm den Mund zuhielt.

Malek starrte schockiert auf die zuckende Leiche. Erst Panzers harte Ohrfeige brachte ihn zurück. Er blaffte harte Befehle und Malek griff sich die Pistole und der zweite Soldat das Gewehr. Dann warteten sie auf die zweite Wache. Kaum eine Minute später starrte der verwirrt in das Loch. Wie eine geölte Maschine stach der Panzer zu. Dann nahm er sich seine Waffe.

Im Gänsemarsch liefen sie über den kleinen Platz. Keiner war zu sehen. In der Ferne loderte nur ein großes Feuer. Die Dorfbewohner waren sich ihres Sieges zu sicher. Ausgelassen tanzten und feierten sie ums Feuer. Alle waren vereint. Alt und Jung, Männer und Frauen; sie trommelten und sangen. Mit seinen Fingern gestikulierte der Panzer und zeigte seinen beiden letzten Soldaten, welche Positionen sie beziehen sollten.

Kaum dass Malek und der zweite Soldat bereit waren, eröffnete der Panzer das Feuer. Ohne Gnade zielte er auf das größte Knäuel Menschen. Die Kugeln waren so effizient, dass manche einen Körper durchschlugen, um in den nächsten einzudringen. Schreiend versuchten die Dörfler zu fliehen. Aber der Panzer war ein top Stratege und hatte seine beiden Soldaten genau an den richtigen Stellen platziert. Ohne zu zögern, folgten sie dem Beispiel ihres Offiziers und feuerten in die unbewaffneten Zivilisten.

Einer nach dem anderen fiel. Unter den Überlebenden brach Geschrei aus. Sie rannten sich gegenseitig über den Haufen. JJ sah, wie Malek zitterte. Das war nicht der Mann, der ihre Gang befehligte. Da war Weichheit und Mitgefühl, die er noch nie in ihm gesehen hatte. Den Panzer und den anderen Soldaten interessierte das wenig. Sie feuerten weiter in die Menge. Erst nach einiger Zeit schafften es die Dörfler, den zweiten Soldaten zu überwältigen. Fast ein Dutzend warf sich auf ihn. JJ sah nur noch das Mündungsfeuer. Dann riss ein Dörfler die Waffe in die Höhe.

Es war nur ein kurzer Sieg. Der Panzer schoss ihm in den Kopf und versenkte eine Salve Kugeln in den restlichen Leuten. Dann stand nur noch Malek. Alle anderen lagen auf dem Boden. Stille breitete sich aus, bis ein Wimmern an JJs Ohren drang. Er senkte seinen Blick und sah ein kleines Mädchen, das sich an Maleks Beine klammerte.

Es dauerte einen Moment, ehe JJ das Gesicht erkannte. Es war Ming. Sie war einige Jahre jünger, aber unverkennbar. Sie klammerte sich an Malek und der sah zitternd an sich runter. Plötzlich lachte jemand. JJ war so gebannt von der Szene gewesen, dass er den Panzer aus dem Blick verloren hatte. Der war nähergekommen und lachte, als ob sie sich in einer Komödie befänden.

"Hast du einen kleinen Wildvogel gefunden, Malek?!"

Malek sah ihn an. Seine Augen waren panisch. Langsam schweifte er mit den Augen über den kleinen Platz. Einige Leiber zuckten noch. Aber alle, egal ob Männer, Frauen und Kinder, lagen blutend auf dem Boden. Plötzlich knallte es laut. Dem Knall folgte ein höhnisches Lachen. JJ brauchte eine Sekunde, um zu begreifen. Der Panzer hatte in eine der zuckenden Leiber eine Kugel gefeuert. Mit seinem höhnischen Lachen endete das Zucken.

Das Wimmern des Mädchens wurde lauter. Panik mischte sich in das Wimmern. Dann hob der Panzer wieder seine Waffe. Er ging einige Schritte auf Malek zu. Dann hielt er den Lauf an ihre Stirn. Sie wimmerte. JJ riss die Augen auf. Die Kleine zitterte am ganzen Leib und faltete die Hände. Sie bettelte in einer unbekannten Sprache. Ihre Tränen rannten wie ein Fluss an ihren Wangen runter.

Der Panzer grinste. Er ließ seinen Kopf etwas zur Seite kippen und kniff die Augen leicht zusammen. Alle rechneten jederzeit mit dem Knall. Der Tod spiegelte sich schon in Mings Augen wider. Plötzlich trat Malek vor sie. Der Panzer hob den Kopf. Wütend starrte er Malek an. Der schluckte. Der Panzer nickte, um zu zeigen, dass Malek aus dem Weg gehen sollte. Malek starrte ihn an. Plötzlich funkelte Malek. Er griff nach dem Lauf von Panzers Waffe und führte sie an seine Stirn.

Die Situation war skurril. Der Panzer hielt seine Waffe an Maleks Stirn. Der stand da und hinter ihm kauerte die kleine Ming. Sie schluchzte. Auf einmal trat der Panzer einen Schritt vor. Seinen Lauf hielt er weiter an Maleks Stirn. Dann flüsterte er ganz leise etwas. JJ verstand kein Wort und lief näher ran. Plötzlich wurde das Bild unscharf. Mit jedem Schritt, den er näher ging, löste sich die Szene mehr auf.

Auf einmal stand er wieder am Hafen. Neben ihm lehnte Karim am Wagen und starrte in die Ferne. JJ sah ihn an und schluckte. Das, was er gesehen hatte, war verrückt. Doch bei all dem was passiert war, seitdem Kshitigarbha aufgetaucht war, riet ihm seine innere Stimme, alles zu glauben.

"Wie willst du sie retten?", fragte JJ.

Kshiti schlug ihm freundschaftlich auf die Schulter: "Wir werden sie retten!"

Einige Minuten später saßen sie im Wagen und fuhren zurück zum Block. An der Ecke kontrollierte JJ kurz die Einnahmen. Dann fuhr er nach Hause. Nur ein Fenster war noch erleuchtet. JJ wusste, dass Mama nie schlief, ehe er da war. Jeden Abend betete sie, dass er heil nach Hause kommen würde. In ihrer Straße hatten zu viele Eltern ihre Jungs bereits beerdigt. Das Sterben war ein Teil ihres Lebens.

Leise schloss er die Tür auf. Er wollte Karim bitten, besonders leise zu sein. Aber als er ihn ansah, wurde ihm klar, dass das nicht nötig war. Er bewegte sich leise und sanft wie eine Katze. Wäre er nicht das, was er in der Vision gesehen hatte, dann wäre er der perfekte Einbrecher für die guten Viertel. Der Fernseher rauschte. Es lief eine Verkaufsshow, in der sie Katzenfutter und als Bonus einen Kratzbaum verkauften.

Er zog Mamas Decke hoch und stellte den Fernseher auf stumm. Das Flimmern entspannte sie, aber ihn nervte das Geräusch. Dann lief er rüber in die Küche. Aus dem Kühlschrank griff er sich zwei Dosen Coke. Eine warf er Karim zu. Seine öffnete er mit einem lauten Zischen. Mit einem Schluck trank er die halbe Dose leer. Es entspannte. Das Ritual machte er seit fünf Jahren. Es brachte ihn runter. Dann lief er den Flur lang bis zu seinem Zimmer.

Es kam öfter vor, dass Jungs aus der Gang bei ihm übernachteten. Das Haus war seins. Er hatte es vor Jahren gekauft, als es endlich mit dem Dope gut lief. Seine Geschwister und Mama bekamen alles. Er hatte nur auf das größte Zimmer für sich und seine Jungs bestanden.

Er zeigte auf die Couch und setzte sich an den Glastisch. Aus der Kiste holte er sein Tütchen und den kleinen Spiegel. Er schüttete einen Haufen Koks auf den Spiegel. Das goldene Röhrchen war ein Geschenk Maleks gewesen. Er formte drei Lines. Dann setzte er das Röhrchen an die Nase. Gerade als er das Pulver schniefen wollte, bemerkte er etwas. Für einen Moment hatte er Kshiti wirklich vergessen, doch jetzt blickte er hoch und war verwundert über dessen Handgeste.

Auf einmal begann das Pulver auf seinem Spiegel zu leuchten. JJ lachte. Kshitis Tricks waren besser als jeder LSD-Trip. Plötzlich spürte er einen heftigen Druck. Es war unangenehm. Aus dem Nichts schälten sich auf einmal leuchtende Eisenketten aus der Luft. Sie gingen von dem Koks aus und verbanden sich mit seiner Nase. Auf verrückte Weise spürte er plötzlich, wie sie in seiner Nase weitergingen.

Er konnte die Ketten in seiner Nase fühlen, als würde er sie anfassen. Der Kettenstrang wurde immer krasser und er lief direkt bis in sein Gehirn. Es wirkte wie eine Würgeschlange, die sich um sein Gehirn gewickelt hatte. Er ließ das goldene Röhrchen fallen und schob den Spiegel mit dem Koks von sich.

Die Ketten verschwanden. JJ atmete auf. Aber im selben Moment formte sich ein Bild über dem Spiegel. Die Fratze ekelte JJ an. Sie hatte riesige Augen, die mehr aus Schleim als aus allem anderen bestanden. Sein Maul war riesig. Die Zähne wirkten scharf. Seine Zunge war lang, voller Sabber und bedeckt mit ekligen Pickeln. Statt eines Körpers hatte es die Form eines Kraken. Die Arme zappelten in allen Richtungen. Auf einmal schoss einer vor und peitschte JJ gegen die Nase.

Erschrocken zuckte er zurück. Es hatte wehgetan. Er kniff verwirrt die Augen zusammen und kratzte sich die Nase. Als er die Hand zurückzog, sah er den roten Fleck auf seinem Finger. Wie war das möglich, fragte sich JJ? Das war nur eine von Kshits Halluzinationen. Aber das Blut war echt. Dann fiel ihm auf, dass es eine Art energetische Verbindung zwischen dem Monster und dem Koks gab. Scheinbar war das Monster die personifizierte Droge.

Der monströse Krake peitschte erneut. Es knallte auf JJs Haut wie eine Peitsche. Angewidert wich JJ zurück. Dieses

Ding war echt. Das Blut war der Beweis. Wie Kshiti das machte, wollte er nicht wissen. Auf einmal spürte er den Griff um sein Gehirn. Er konnte jede einzelne Regung in seinem Kopf wahrnehmen. Es war verrückt, aber total realistisch.

Ekliger Schleim tropfte vom Zahn des Kraken. Er traf auf den Tisch und ätzte ein Loch in die Platte. Die Ketten schlangen sich um JJs Hände. Sie wollten ihn zu dem Spiegel zerren. Scheinbar wollten sie, dass er konsumiert. Aber das hier veränderte seinen Blick auf das Koks. Was er sah, passte zu seiner Urangst. Als Kind hatte ihn seine Mum gewarnt, wie gefährlich Drogen sind. Noch als er in der Grundschule war, war er sich sicher gewesen, niemals Drogen anzufassen. Denn es gab schlimme Beispiele aus der Nachbarschaft.

Die Ketten zogen ihn immer näher heran. JJ stemmte sich dagegen. Der Krake lachte höhnisch. Wieder tropfte Schleim von seinem Zahn und ätzte ein Loch in den Tisch. JJ wehrte sich, aber die Kraft war einfach zu groß. Auf einmal erhob sich das goldene Röhrchen. Es flog zu JJ und blieb griffbereit in der Luft stehen. JJ fluchte. Das Ganze war ihm zu viel. Ohne länger nachzudenken, fegte er mit seiner Rückhand das Koks vom Tisch. Auch das goldene Röhrchen wischte er weg.

Ein markerschütternder Schrei zerschnitt die Luft. Das Monster kreischte. Dann fiel es in sich zusammen. Im gleichen Augenblick lösten sich auch die Ketten auf. JJ ließ sich entsetzt nach hinten fallen. Er atmete tief ein und aus. Nach einigen Momenten ließ er seinen Blick durch den Raum schweifen. Das Koks lag in der Ecke. Scheinbar war es gegen die Wand geprallt; denn Reste hingen noch an der Wand und rutschten langsam runter. Auf der anderen Seite des Zimmers saß Karim im Schneidersitz mit halb geschlossenen Augen. Er wirkte entspannt, als hätte es das Monster mit den Krakenarmen gar nicht gegeben.

JJ wusste nicht, was er tun sollte. Auf einmal fühlte es sich an, als ob sein Körper genau wusste, was er wollte. Er hob seine Beine hoch und setzte sich in den Schneidersitz. Kshitis Rücken war gerade wie eine Kerze. JJ machte es ihm nach und er legte auch die Hände in den Schoß. Die Augen schloss er halb und starrte vor sich auf den Boden. Auf einmal spürte er seinen Atem und es war intensiver, als es gewöhnlich war.

Er wusste nicht, wie lange sie gesessen hatten, ehe er eingeschlafen war. Aber jetzt hupte jemand. Er kannte die Hupe. Es war sein Auto. Er warf einen kurzen Blick durchs Zimmer. Von Kshitigarbha gab es keine Spur. JJ fluchte. Er zog sich sein Shirt über den Kopf und rannte los. Am Auto angekommen, riss er die Tür auf. Kshiti sah ihn lächelnd an.

"Ming!"

Er sagte nur das eine Wort. JJ begriff. Die letzte Nacht war eindrucksvoll genug gewesen. Er setzte sich hinters Steuer und startete den Wagen. Ohne eine Sekunde darüber nachzudenken, fuhr er zu Maleks Haus. Er parkte das Auto direkt vor dem Haus und sah Kshiti mit Fragezeichen in den Augen an. Der lächelte nur. Dann öffnete er die Tür und lief zum Haus.

JJ hastete ihm hinterher. Eigentlich hatte er Lust, einfach

wieder loszufahren. Was auch immer passieren würde; wenn es mit Ming zu tun hatte, konnte es nur Ärger bedeuten. Aber die Neugier ließ ihn nicht in Ruhe. Das hier war zu groß, als dass er sich einfach auf die faule Haut legen konnte. Kshiti stoppte vor der Tür und JJ direkt hinter ihm. Im gleichen Moment ging die Tür auf.

Ganz langsam und mit leichtem Quietschen öffnete sich die Tür. JJ schluckte. Nachdem er die Vision gesehen hatte, fürchtete er eine Begegnung mit dem Panzer. Schon vorher hatte er immer eine Gänsehaut in seiner Nähe bekommen. Aber jetzt kannte er die Kaltblütigkeit dieses Mannes und er hatte keine Lust, eine seiner Kugeln zu fressen. Doch als die Tür weit genug auf war, guckten sie in das ängstliche Gesicht Mings.

Ihre Augen funkelten wie kleine Diamanten. JJ wurde in diesem Moment klar, dass er ihr noch nie direkt ins Gesicht gesehen hatte. Maleks Schatten hatte immer über ihr gehangen. Zumindest hatte er das immer geglaubt. Erst in der letzten Nacht hatte er erkannt, dass der Panzer hinter allem stand. Er bewachte Ming. Denn sie war die einzige Zeugin und er kontrollierte Malek. Wenn alle Malek für den Boss hielten, konnte er sich im Notfall bedeckt halten, falls andere Gangs oder die Sondereinheiten der Polizei anrückten.

Sie weinte nicht. Aber ihr Blick war ein Wasserfall. Was auch immer passieren würde, JJ war bereit. Ming lebte seit Jahren bei dem Mörder ihrer Familie. Wahrscheinlich vergewaltigte er sie regelmäßig, aber selbst wenn nicht. Diese kranke Absurdität war falsch und konnte mit keiner Gangehre begründet werden. Ihr Blick hatte ihn in tiefe

Gedanken versetzt, nur am Rande bemerkte er, wie Kshiti seine Hand hob.

Für den Augenblick einer Sekunde zuckte ein Lichtblitz durchs Haus und die Veranda. Es ging so schnell. Dennoch hatte JJ es genau gesehen. An Mings Reaktion merkte er, wie es ihr genauso ging. Für den Bruchteil einer Sekunde war das Haus verschwunden gewesen. Sie hatten auf einem Feld mit riesigen Lotosblüten gestanden, die aus Kristall waren. Auch Kshitigarbha hatte sich für diesen Augenblick verwandelt. Er war zu dem Mann geworden, dem JJ in der Vision begegnet war.

Kaum dass das Bild verschwunden war, fiel Ming auf die Knie. Sie faltete ihre Hände, dann beugte sie sich immer wieder mit der Stirn auf den Boden. Dabei murmelte sie einige Silben, die JJ nicht verstand. Sie wiederholte die Wörter immer wieder und Kshiti hielt seine offene Hand einige Zentimeter über ihrer Stirn.

Plötzlich polterte es. Scheinbar war es erst eine Tür, die geknallt wurde, und dann kam etwas polternd angerannt. Im nächsten Moment erblickte JJ den Panzer. Er zog gerade seine Waffe aus dem Halfter. Dann zielte er auf Kshiti und begann zu schreien.

"Du hast drei Sekunden, sonst frisst du meine Kugeln!"

JJ schluckte. Er wusste nicht viel, aber diese Art von Versprechen hielt der Panzer immer. Er hatte dutzende Männer gekannt, die nach den Drohungen des Panzers nur höhnisch gelacht hatten. Er war als Fremder ins Viertel ohne Ruf und Namen gekommen. Jeder der Männer war später durchlöchert wieder aufgetaucht oder einfach verschwunden, bis die Polizei gekommen war, nachdem sie die Leichen aus dem Wasser gefischt hatten. Seitdem hatte er einen Ruf.

Kshitigarbha bewegte seine Hand keinen Zentimeter, aber erhob seinen Kopf. JJ stand seitwärts neben Kshiti. Den Blick seines neuen Cousins wusste er nicht zu deuten. Er war hart und zugleich weich. Als er zum Panzer schaute, sah er nur einen harten Blick. Wütend starrte er und seine Hand mit der Waffe war eiskalt auf Kshitis Kopf gerichtet. Dann knallte es.

Instinktiv zog JJ den Kopf ein. In seinem Kopf machte es Klick. Er wusste genau, was das bedeutete. Der Panzer hatte ohne Gnade abgedrückt. Auf dieser Distanz konnte er nicht daneben schießen. Kshitis Mission war damit gescheitert. Jede Sekunde würde er zur Seite kippen und dann war nur noch die Frage, was der Panzer mit ihm machen würde?

Statt dass Kshiti zur Seite kippte, knallte es ein zweites Mal. Es folgte sofort ein dritter und vierter Schuss. Verwundert hob JJ wieder sein Gesicht. Bisher war Kshiti anders gewesen. Aber was er jetzt sah, sprengte alle Vorstellungen. Kshitigarbha hatte die Hand erhoben. Vor ihm schwebten die Kugeln in der Luft.

Die Augen des Panzers wurden groß. Dann klappte seine Kinnlade runter. Im selben Moment fielen die Kugeln klirrend zu Boden. Der Panzer schrie. Er hob den Kopf wieder und grummelte. Als Nächstes zog er aus einem Halfter eine zweite Waffe. Er zielte und feuerte. Es war eine automatische Waffe. Er schoss das Magazin leer. JJ sah die Kugeln nicht, ehe sie wieder in der Luft vor Kshiti stoppten. Ein ganzes Magazin schwebte in der Luft.

Nach einigen Momenten fielen sie auf den Boden. Im selben Moment sprintete der Panzer los. JJ wusste genau, was jetzt kommen würde. Der Panzer war ein kräftiger Mann. Gegen seine Fäuste hätten Kshitis Zaubertricks keine Wirkung. Alle blickten wie gebannt auf den Panzer. Kurz bevor er Kshiti erreichte, hob er die Faust. Sie fuhr vorwärts.

Wie durch ein Wunder war Kshiti plötzlich einen halben Meter weiter links. Die Faust des Panzers ging ins Leere. Er holte direkt wieder mit der Rückhand aus. Er schlug zu. Wie durch ein Wunder war Kshiti wieder aus der Schusslinie verschwunden. Er stand einen Meter weiter rechts. Statt auf den nächsten Schlag zu warten, hob er seinen Finger.

Obwohl er sich wie in Zeitlupe bewegte, war der Panzer perplex und ließ es einfach geschehen. Kshitis Finger traf seine Stirn. Wie von Zauberhand erstarrte der Panzer. Ming und JJ schauten sich verwirrt an. Auf einmal kam auch Malek aus dem Hinterzimmer. JJ sah, wie sehr ihn die Situation verwirrte.

Was die anderen nicht sahen, war, was in des Panzers Kopf geschah. In dem Moment, als ihn der Finger berührt hatte, war er wie an einem anderen Ort. In einem Sekundenraster zog sein Leben vor seinen Augen vorbei. Zugleich hatte die Kraft des Bodhisattvas den Zugang zu seinem inneren Kind offengelegt.

Vorher war der Panzer voller emotionaler Panzer gewesen. Er war ein Paradebeispiel kognitiver Dissonanz und hatte gelernt, alle Gefühle wegzudrücken. Er war der perfekte Soldat geworden und konnte seine Befehle kaltblütig und ohne jegliches Mitgefühl ausführen. Aber selbst der kaltherzige Panzer war nicht immer so gewesen. Als kleiner Junge war er sensibler gewesen, als ihm das heute jemand zutrauen würde.

Er lief mit dem Gefühl des kleinen Jungen durch seine Zeit als junger Erwachsener. Es waren die Jahre, nachdem er den Alkohol entdeckt hatte. Das Zeug war Gift für jedes gute Herz. Er hatte gelernt, es wie eine Pistole zu nutzen, um damit alle nervigen Gefühlsregungen zu erschießen. Während dieser Jugendtage war er jedes Wochenende weggegangen, um sich zu betrinken. Jedes Mal endete das in wilden Schlägereien. Am Ende war es so schlimm, dass ihm nur noch die Wahl zwischen Gefängnis und Armee blieb.

In der Armee hatte er sich schnell hochgearbeitet. Es war der perfekte Ort für ihn. In mehreren Kriegseinsätzen hatte er bewiesen, wie brav er als Soldat funktionierte. Die täglichen Saufgelage nach dem Dienst waren die Krönung. Als Mann hatte er es genossen. Jetzt, da er es mit seinen kindlichen Augen sah, fühlte er sich angewidert.

Das Gefühl des Ekels vor sich selbst wurde immer größer. Dann kamen sie zu dem kleinen Dorf. Als junger Offizier befehligte er seinen Trupp auf einer Aufklärungsmission. Was dann im Dorf ablief, machte dem Offizier großen Spaß, aber das kleine Kind in ihm konnte es nicht mehr ertragen. Ohne den schwarzen Zauber des Alkohols konnte er es nicht länger betäuben. Es begann ohrenbetäubend in seinem Kopf zu schreien. Der Schrei war so laut, dass sein Kopf zu explodieren drohte. Er konnte sich auch in der echten Welt nicht mehr zurückhalten. Verkrampft griff er sich an den Kopf. Dann begann er zu schreien. Schließlich begann er, sich wälzend über den Boden zu drehen.

JJs Blick wanderte zwischen allen Hin und Her. Er verstand die Welt nicht mehr. Nicht nur, dass die ganze Macht Maleks nur ein Bluff gewesen war, weil er die ganze Zeit vom Panzer kontrolliert worden war. Auch dass es ein Wesen wie Kshitigarbha gab, zerstörte alles, was er jemals geglaubt hatte.

In diesem Moment legte Kshitigarbha die Hand auf seine Schulter. Die Hand war warm und dennoch wirkte sie wie ein Vorschlaghammer. Mit einem gewaltigen Schlag zerstörte er jedes Bild in seinem Kopf und ließ nur klare Leere zurück. Doch diese Leere war anders. Aus ihr strahlte eine neue Energie. Sie ließ ihn klar auf die ganze Situation mit der Gang und sein Leben sehen.

"Die Verantwortung liegt jetzt bei dir!"

Kshitigarbha sagte das klar und deutlich. Malek hörte es und auch Ming bekam große Augen. JJ nickte. Er hatte genau verstanden und erst in diesem Moment begriff er, dass Kshitigarbha all das von Anfang an geplant hatte.

Das Rad des Lebens

Ein kleines Insekt flog zwischen den Rauchsäulen hin und her. Sein Hinterteil leuchtete leicht lila wie bei einem Leuchtkäfer. Unten schrien sie. Kleine Monster stachen mit ihren Dreizacken auf wehrlose Frauen und Männer ein. Die meisten waren nackt oder trugen nur Fetzen am Leib. Manchmal versuchte ein Mann, sich zu wehren. Er griff sich eines der Monster und riss ihm den Schädel vom Leib, ehe seine Monsterkollegen ihn mit ihren Dreizacken wieder zur Räson brachten.

Was keiner sah, der nicht das Bodhiauge hatte, war, wie die karmische Energie des Monsters sich direkt wieder in eine Wesenheit inkarnierte. Aber statt auf der Seite der Monster wieder zum Leben zu erwachen, schlüpfte er aus dem Leib einer der gefangenen Frauen als Neugeborenes. Aus einem Leben als Peiniger wurde ein Leben als Gepeinigter. Denn abgesehen von den schweren Arbeiten, die schon die kleinsten Kinder mitmachen mussten, nutzten die Monster ihre Menschen nur, um sie mit kranken Werkzeugen zu quälen.

Ein Hammer sauste in die Luft. Nachdem der kleine Dämon hämisch gelacht hatte, ließ er ihn auf die Hand einer gefesselten Frau knallen. Sie schrie wie am Leib. Doch der Dämon war noch nicht fertig. Von einer groben Werkbank nahm er eine große Heckenschere. Ohne lange zu zögern, schnitt er ihr einen Finger ab. Sie hatte vorher schon gekreischt, aber der Schrei, der dann folgte, ließ jeden Kreißsaal wie eine Bibliothek klingen.

Das Glühwürmchen mit dem leuchtenden lila Hinterteil hatte genug von dieser Welt. Es ertrug die Qual nicht mehr. Auf einmal öffnete sich ein Portal vor ihm. Es flog hinein und war im nächsten Moment aus dieser Folterwelt verschwunden. An anderer Stelle tauchte es wieder auf. Schwefeliger Qualm stieg ihm ins Gesicht und es musste husten, als es den giftigen Rauch verschluckte.

Der Qualm bedeckte die gesamte Decke. Um ihm zu entkommen, flog es etwas tiefer. Und tatsächlich klappte es. Schon nach einigen Metern Sinkflug konnte es wieder frei atmen. Unter ihm erstreckten sich viele kleine Krater. Aus jedem stiegen giftige Dämpfe auf. Langsam erkannte er, was vor sich ging.

Das Glühwürmchen sah viele kleine Kinder. Sie hatten komische Brillen auf ihren Nasen und trugen zerfetzte Kleider. Neben ihnen gingen faltige Wesen. Sie hatten lange Beine und riesige Nasen mit großen Brillen. In ihrer Hand hielten sie einen Rohrstock. Kinder, die aus der Reihe tanzten, geleiteten sie mit kleinen Schlägen zurück in die Reihe. Dann kam das erste Kind an den Rand des Kraters. Es zögerte kurz. Doch ein Schlag mit dem Rohrstock auf seinen Rücken und es machte den nächsten Schritt. Es gab einen kurzen Schrei, doch dann hatte es die kochende Flüssigkeit verschluckt. Die Brühe schwappte kurz. Dann war es, als hätte es das Kleine nie gegeben.

Das nächste Kind erreichte den Rand. Das zögerte nicht. Es lief einfach weiter. Wegen der Brille schien es nichts zu sehen. Es gab einen kurzen Ruck durch seinen Körper und es sauste nach unten in die dampfende Brühe. Wieder gab es einen kurzen Schmerzensschrei. Wieder war es, als hätte es das kleine Kind nicht gegeben. Dahinter standen die Dämonen und lachten.

Das reichte dem Glühwürmchen. Es ertrug das Ganze nicht mehr. Schwups war es wieder verschwunden und tauchte in einer anderen Welt wieder auf. Eisige Riesen tauchten über dem Glühwürmchen auf. Sie waren groß wie Bäume. Unten im Schnee liefen dick eingepackte Leute kreuz und quer durch die Gegend. Es waren Männer und Frauen. Auch Kinder waren darunter. Die Riesen grölten.

Auf einmal hob eines der Ungeheuer seinen riesigen Fuß.

Ohne lange zu zögern, sauste die gigantische Pratze wieder zu Boden. Zwei kleine Punkte, die sich durch den Schnee zu kämpfen versuchten, begrub sie unter sich. Das lila Glühwürmchen guckte verwundert. Aber als der Eisriese seinen Fuß wieder hob, wurde ihm schlecht. Dort wo sich eben noch die zwei Gestalten durch den Schnee gekämpft hatten, waren nur noch zwei rote Punkte. Es erkannte einige Gedärme und Innereien.

Es blieb den Flüchtenden keine Verschnaufpause. Der nächste Eisriese hob seinen Fuß und versuchte, einige Leute zu zerstampfen. Es misslang. Die zwei in dicke Felle gepackten Menschen konnten sich gerade noch retten. Der Riese brüllte wütend. Sofort riss er den Fuß wieder hoch und trat erneut zu. Ein zweites Mal hatten die beiden keine Chance. Sie blieben als rote Blutflecken zurück.

Die Riesen lachten. Der Kleinste von ihnen rannte los und hetzte hinter einer größeren Gruppe von Leuten her. Sie rannten und kreischten dabei. Plötzlich sprang der Riese hoch. Einige Meter flog er durch die Luft. Dann landete er bäuchlings im Schnee und rutschte vorwärts. Die Energie aus dem Schwung trug ihn. In Sekunden hatte er die flüchtende Meute erreicht. Das Kreischen wurde noch lauter. Aber es half nichts. Der Gigant schlitterte einfach weiter und überrollte sie wie eine Walze.

Die roten Punkte im Schnee sahen aus wie kleine Spritzer einer Kirschlimonade. Aber das Glühwürmchen konnte den Todesschmerz der Opfer genau spüren. Er lag noch atmosphärisch in der Luft. Es erschrak das kleine Insekt, wie egal es den Riesen war. Es wollte sich das blutige

Schauspiel nicht länger ansehen. Ohne zu zögern, sprang es in die nächste Welt.

Stacheldraht war das Erste, was es sah. In der Luft hing ein extrem grauenvoller Duft. Er schmeckte anders als von verbranntem Holz. Irgendwelche Körper waren verbrannt worden. Am Horizont über ein paar kleinen Baracken erhoben sich zwei Schornsteine in den Himmel. Sie spuckten den Rauch aus. Gerade als es umdrehen und in die andere Richtung wegfliegen wollte, ertönte ein lautes Hupen.

Dem Hupen folgte ein Rattern. Das Glühwürmchen sah sich um. Etwas in der Ferne tuckerte ein Zug heran. Aus Neugier flog es dem Zug entgegen. Noch ehe es das ratternde Stahlross erreichte, hielt der Zug in einer Art Bahnhof. Das Glühwürmchen hatte schon einige Bahnhöfe gesehen. Dieser war ein besonders hässlicher. Es hatte mehr etwas von einem Güterbahnhof. Auch die vielen Leute davor ließen ihn denken, dass irgendwelche Waren ausgeladen werden sollten.

Dampfend hatte der Zug gehalten. Einige der Hunde hatten laut gekläfft. Die Menschen, die vor dem Zug standen, hatten viele davon. Es waren Schäferhunde. Sie wirkten sehr bissig und kläfften laut, als der Zug einfuhr. Auch die Leute wirkten nicht freundlich. Sie trugen fast alle dieselbe Kleidung. An ihren Gürteln prangten eiserne Schießeisen.

Vorne aus der Lok sprang ein Mann auf die Bretter des rustikalen Bahnhofs. Mit eiligen Schritten rannte er zu einem Tisch. In seiner Hand hielt er ein hölzernes Klemmbrett. Vor dem Tisch hielt er, knallte die Hacken zusammen und salutierte kerzengerade. Dann sagte er etwas. Das Glühwürmchen konnte es nicht verstehen. Aber die Männer hinter den Tischen grinsten höhnisch. Einer von ihnen schrie etwas.

Auf einmal ging ein Ruck durch alle Leute. Bewegung kam in den Laden. Aus einer Baracke am Rand kamen ein paar ausgemergelte Gestalten gerannt. Die Angst stand ihnen ins Gesicht geschrieben, als sie die Männer auf dem Bahnhof erblickten. Eine Peitsche knallte. Sie schleppten einige Holzbretter zu den Waggons.

Erst jetzt bemerkte das Glühwürmchen die Augen, die aus den Waggons ängstlich nach draußen starrten. Die Angst in ihren Augen war so groß, dass es selbst Angst bekam. Ein lauter Pfiff ertönte. Die Gestalten, die die Holzplanken geschleppt hatten und die andere Kleidung trugen als die Männer mit den Pistolen und Gewehren, öffneten die Waggons.

Böse Schreie knallten wie Peitschenhiebe. Sie kamen von den Leuten mit den Uniformen und Schusswaffen. Sie brüllten und jedes ihrer Worte war getränkt in puren Hass. Ihre Schreie hatten Wirkung. Die Leute in den Waggons stiegen hastig aus. Plötzlich knallte eine Peitsche. Die Leute aus den Waggons zuckten zusammen. Es dauerte nur eine Sekunde, dann beeilten sie sich noch mehr, um auszusteigen.

Befehle peitschten durch die Luft. Die Masse an Leuten bildete eine Kolone. Das Glühwürmchen erkannte, dass es ganze Familien waren. Es gab Männer und Frauen im arbeitsfähigen Alter. Neben ihnen gingen auch sehr alte Leute. Einige konnten sich kaum auf den Beinen halten. Das traurigste Bild gaben die kleinen Kinder ab. Sie trugen löchrige Klamotten, obwohl der Wind scharf blies.

Statt den Alten und den Kindern zu helfen, schrien die Soldaten. Als ein älterer Mann stolperte, halfen sie ihm nicht auf. Einer der Soldaten trat nach ihm und schrie ihn an. Der Alte richtete sich wieder auf. Ängstlich blickte er den Soldaten an. Statt sich zufriedenzugeben, trat der Soldat noch einmal zu. Der Alte zuckte kurz, dann guckte er traurig auf den Boden.

Alle mussten sich in einer Schlange aufstellen. Am Ende stand eine Reihe von Tischen. Junge Männer in Uniform saßen dahinter. Sobald einer der traurigen Leute an den Tisch kam, musste er eine Nummer nennen. Die Soldaten am Tisch schrieben sie auf, dann guckten sie sich die Person ganz genau an, ehe sie sie weiterschickten.

Ein Mann zitterte so sehr, dass der Soldat ihn nicht verstand. Selbst nach mehrmaligem Schreien und den Tritten eines anderen Soldaten hatte er die Nummer nicht. Er pfiff laut. Zwei Soldaten kamen angerannt. Sie rissen dem Mann den Ärmel seines löchrigen Mantels ab. Dann zerrissen sie auch noch sein Hemd. Auf seinem Arm prangte eine eintätowierte Nummer. Der Soldat hinter dem Tisch schrieb sie auf. Dann selektierte er ihn in eine der neuen Schlangen.

Mehrere Reihen wurden gebildet. Die größte Gruppe wurde sofort von einer Schar Soldaten mit scharfen Hunden fortgetrieben. In einer zweiten Gruppe waren alle Frauen mit den Kindern. Einige weibliche Soldaten waren aufgetaucht. Sie trugen kurze Reitgerten. Mit Hieben trieben sie die Frauen vom Bahnhof fort. In der letzten Gruppe schienen sich alle Kranken und Alten zu befinden.

Das Glühwürmchen hoffte, man würde sie zu einer Krankenstation bringen, wo sie Hilfe bekommen würden.

Das Glühwürmchen flog direkt über die Gruppe. Erst jetzt erkannte es, dass sich in der Mitte der Gruppe auch einige Kinder befanden. Er hatte es vorher nicht gesehen, weil die Kinder getragen wurden. Bei einem Kind, das sich auf dem Rücken eines älteren Mannes festhielt, erkannte es, dass dem Kind die Füße verkrüppelt waren.

Dann bemerkte es noch etwas anderes. Die kleine Gruppe summte. Es war eine leise Melodie, die aus den Kehlen der Leute in die Luft stieg. Sie war kaum hörbar, aber die Kraft, die in ihr steckte, hatte etwas Magisches. Es schien ihnen Macht zu geben. Dann kamen sie an eine größere Halle. Vor einem Tor mussten sie sich aufstellen. Einer der Soldaten begann noch einmal, alle durchzuzählen. Als er fertig war, bellte er einen scharfen Befehl. Die kleine Gruppe setzte ihren Marsch ins Innere fort.

Das Glühwürmchen setzte sich auf die Schulter einer älteren Frau. Sie schlurfte mit einem Fuß. Ihr Knie schien steif zu sein. Aber sie bemerkte ihren kleinen Mitreisenden. Statt das kleine Insekt zu verscheuchen, lächelte die Frau. Dann summte sie wieder. In der Halle waren sie zuerst eine Treppe hinuntergestiegen. Sie gelangten in den Keller. Ein langer, dunkler Gang öffnete sich vor ihnen. Sie liefen immer weiter, bis sie zu einem Raum kamen. Die Soldaten schrien harte Befehle.

Die Menschen zuckten zusammen. Einige schauten sich ängstlich an. In einigen der Augen erkannte das Glühwürmchen Tränen. Die Soldaten interessierte das nicht. Sie schlugen auf die ersten beiden ein und auf einmal begannen sich alle auszuziehen. Sorgsam zogen sie sich bis auf die Unterwäsche aus und legten ihre Kleider ordentlich zusammen.

Kaum, dass sich alle entkleidet hatten, wurden die Befehle wieder schärfer. Zwar schlugen sie die Menschen nicht mehr, aber sie drängten sie in einen großen Raum, der sich hinter einer Stahltür verborgen hatte. Alle Leute wurden energisch in den Raum getrieben. Dann schlugen die Uniformierten laut die Türen zu. Einer der Soldaten guckte durch das Fenster der Tür und lächelte fies.

Die Menschen zitterten. Es war kalt. Ein kleines Kind weinte. Eine alte Frau begann, es zu trösten. Es versprach ihm, dass sie nur duschen würden. Alle schauten in diesem Moment nach oben. An den Decken hingen viele Duschköpfe, die durch lange Rohre verbunden waren. Alle wurden still. Plötzlich hörten sie ein leises Zischen. Noch ehe das Glühwürmchen begriff, was geschah, begannen die Ersten laut zu wimmern.

Ein Ruck ging durch die Leute. Fast alle bekamen Tränen in den Augen. Einige umarmten sich. Sie küssten ihre Wangen und streichelten ihre Köpfe. Auf einmal rannte einer zur Tür. Mit wilden Fäusten hämmerte er gegen das Fenster. Ein Gesicht tauchte hinter der Scheibe auf. Stumm starrte es in den Raum. Der Mann hörte auf; mit den Fäusten gegen die Scheibe zu hämmern. Er faltete die Hände und begann zu betteln. Der Soldat hinter der Scheibe grinste fies.

Im Raum wurde das Zischen lauter. Eine alte Frau griff sich an die Kehle. Alle starrten sie verwirrt an. Dann begann ein alter Mann zu röcheln. Angst ging um und auf einmal begannen alle, laut zu schreien. Das verkrüppelte Kind rutschte von seinem Träger runter. Denn der hatte sich an die Kehle gegriffen. Ein Mann riss sich den Schlüpfer vom Leib. Er ließ sich von einem Mann hochheben und versuchte den Schlüpfer, um den Duschkopf an der Decke zu wickeln. Aber er hielt nicht lange durch, denn schon nach kurzer Zeit fing er an, heftig zu röcheln.

Eine alte Frau stürzte zu Boden. Entsetzte Blicke flogen zu ihr. Ein Mann wollte ihr aufhelfen. Aber als er ihr gerade die Hand gereicht hatte, um sie hochzuziehen, musste er sich auch an die Kehle fassen. Die Frau fiel wieder auf den Boden und neben ihr ging der Mann in die Knie. Er war nicht der Einzige, der in diesem Moment auf die Knie sank. Bei immer mehr Leuten passierte es und sie alle röchelten.

Auf einmal kippte eine Frau zur Seite und blieb reglos liegen. Das Glühwürmchen war verwirrt. Es fragte sich, warum die Soldaten von draußen nicht zu Hilfe kamen. Doch dann fiel ihm das fiese Grinsen wieder ein und es begriff, dass sie draußen genau wussten, was hier drin abging. Es setzte sich auf die Nase der Frau und kratzte mit seinem Fühler. Das kitzelte die Menschen und dann schlugen sie sich auf die Nasen. Doch nichts passierte.

Alle Menschen lagen jetzt auf dem Boden. Die meisten röchelten. Andere zuckten nur noch. Doch immer mehr lagen einfach nur reglos herum. Das Glühwürmchen war sauer und wollte rausfliegen, um die Soldaten zu ärgern. Es hatte die Schnauze voll davon, zuzusehen, wie ständig irgendwelche Unschuldigen gequält wurden. Da bermerkt es plötzlich, wie ihm die Luft wegblieb.

Es musste hier ganz schnell weg, falls es nicht auch so enden wollte wie die armen Seelen, die auf dem Boden lagen. Im selben Augenblick öffnete sich ein wilder Strudel. Das Glühwürmchen flog darauf zu. Ehe es reinflog, konnte es noch den Soldaten hinter der Scheibe sehen. Sein fieser Blick war verschwunden. Verwirrt starrte er auf den Strudel.

Kaum dass es durchgeflogen war, verschwand der Strudel. Vor ihm tat sich eine unendliche Weite auf. Es wirkte wie ein riesiger Palast, nur dass der Himmel heller strahlte als auf der Erde. Es erhob sich in die Lüfte. Nach einiger Zeit konnte es die Ebene überblicken. Eine gigantisch große Gestalt saß in einiger Entfernung auf dem Boden und spielte mit etwas.

Das Glühwürmchen flog tiefer. Kurz bevor es landete, begann es, sich zu verwandeln. Seine dünnen Füßchen wurden zu stattlichen Männerbeinen. Aus seinen Flügeln wurden Arme. Dann verwandelte sich das Vorderteil des Glühwürmchens in einen Kopf. Eine Sekunde später setzte der Mann seine Füße auf den weichen Boden. Der Anblick war beeindruckend. Falls es irgendwo in dem gesamten dreitausendfachen Weltensystem eine wirklich schöne Gestalt gab, dann war es dieser Mann.

Auch der gigantischen Gestalt war der Ankömmling nicht verborgen geblieben. Er hob den Kopf und hörte mit seinem Murmelspiel auf. Seine Augen kniff er skeptisch zusammen. Der Ankömmling ließ sich davon nicht beirren. Mit mutigen Schritten näherte er sich der riesigen, blauen Gestalt. Als er vor ihr angekommen war, faltete er die

Hände und verneigte sich:

"Du seist mir gegrüßt, ehrenwerter Yama. Ich komme mit einer Frage!"

Der wunderbare, blaue Gigant sah ihn lächelnd an. Er blinzelte einmal und im nächsten Moment war er auf die Größe seines Gastes geschrumpft. Auch er faltete die Hände. Er verneigte sich ebenfalls und begrüßte den Bodhisattva Kshitigarbha. Mit einer Handgeste bot er Kshiti einen Platz an. Dann wollte er wissen, mit welcher Frage er zu ihm gekommen war.

"Warum sehen die Wesen nicht, dass sie sich mit ihren Taten immer tiefer ins Leid verstricken?"

Kurz guckte der Todesgott Yama ihn verwirrt an. Als Nächstes begann er loszulachen. Es war ohrenbetäubend. Das Lachen war so gewaltig und ließ sogar den Boden wackeln. Fast wirkte es so, als ob sogar der Himmel und die Grenzen dieser Welt bei dem ohrenbetäubenden Krach anfingen zu wackeln. Nachdem er sich leergelacht hatte, sah er Kshitigarbha sehr ernst an.

Er fragte den Bodhisattva, ob er ein Schüler des Buddhas sei? Nachdem dieser das bestätigt hatte, lachte Yama erneut kurz auf. Dann erzählte er ihm von den vielen Vorträgen des Buddhas, denen er gelauscht hatte. Kshiti hörte sich jedes Wort ganz genau an. Es ging um die Quellen des Leidens. Gier und Hass waren die Namen, die der Buddha verwendet hatte. Aber sie hatten unzählige Kleider. Jeder nicht-erleuchteten Handlung lagen sie zugrunde.

Kshitigarbha kannte jedes der Wörter. Er hatte sie etliche Male selbst bei Buddha gehört. Außerdem hatte er diese

Wahrheit vielen Wesen erklärt. Die Gefahr war, zu glauben, dass man sie schon wirklich verstanden hatte. Denn wie der Todesgott Yama war er noch kein Buddha. Als Bodhisattva besaß er viel Wissen über die Lehre. Aber auf den tiefsten Ebenen hatte er es noch nicht realisiert.

Yama setzte seinen Vortrag ungebremst fort. Kshiti merkte, wie intensiv er sich mit diesem Thema auseinandergesetzt hatte. Dennoch war sein Weg noch weit. Das Ziel konnte er schon sehen. Trotzdem war es noch nicht greifbar. Er hörte in demütiger Sitzhaltung zu. Der Todesgott ließ sich nicht ablenken. Erst nachdem er mehrere Beispiele vorgetragen hatte, musste Kshiti nachhaken.

"Aber ..."

Der Todesgott hob sofort die Hand. Er sagte Kshitigarbha, dass er genau wüsste, worin sein Einwand bestand. Es ging darum, warum die Leute nicht aus ihren Fehlern lernten. Er sagte nur das Wort: Verblendung. Dann sah er Kshiti verschwörerisch an und nickte kaum merklich. Seine Augen rollten und er zeigte auf die Welt, die sie umgab.

Kshitigarbha verstand sofort. Sie beide waren sehr hohe Wesen. Yama war ein großer Gott mit gigantischer Macht über Leben und Tod. Kshitigarbha war einer der höchsten Bodhisattvas in der Sangha des Buddhas Shakyamuni. Trotzdem waren sie beide noch keine Buddhas. Trotzdem fehlten ihnen noch die finalen Einsichten, um das Nirwana zu realisieren. Auch sie waren noch Wesen, obwohl sie viel mehr sahen und verstanden als die einfachen Menschen, die den höchsten Sinn suchten.

Kshitigarbha sah sich die Murmeln an, mit denen Yama gespielt hatte. Erst jetzt erkannte er, dass es kleine Welten waren. Auf einmal warf ihm der Todesgott eine Murmel zu. Der Bodhisattva fing sie mit einem Lächeln auf. Mit seinem Bodhi-Auge blickte er in die Murmel. Er erkannte die kleine Erde, von der er zuletzt gekommen war, inmitten des unendlichen Weltalls. Erschrocken hob er den Kopf.

Für einen Moment erkannte er die Zillionen Stränge göttlicher Energie, die von Yama ausgingen, um die Toten in den vielen Welten in Empfang zu nehmen. An einem Strang sah er eine junge Frau. Sie war bei einem Autounfall gestorben. Yamas Energie öffnete ihr die Tore und dann musste sie sich den Torwächtern stellen. Viele Szenen entstanden. Die Frau war schnell. Sofort wurde sie von einer Manifestation angezogen. Im nächsten Augenblick erkannte Kshiti, wie sie zurück zur Erde in den Bauch einer anderen jungen Frau gelangt war. Der Kreislauf begann von vorn.

Yama klopfte Kshitigarbha auf die Schulter. Die beiden verstanden sich. Yama warf ihm eine erneute Kugel zu. Es war eine Welt in den untersten Bewusstseinsebenen. Die Wesen quälten, fraßen und jagten sich. Jedes Wesen, das litt, berührte Kshitigarbhas Herz. Er ertrug es nicht. Zwar war die Ursache die karmische Saat, aber das änderte nichts an seinem Entschluss, alle Wesen vom Leiden zu befreien. Niemand hatte es verdient zu leiden.

Yama sah ihm zu. Als Kshiti wieder seinen Blick hob, sagte Yama nur, dass die Wesen einen wie ihn bräuchten. Auch sie hätten die Offenbarungen des Dharmas verdient. Nur das würde diese Welt des Leidens in ein gottähnliches Paradies verwandeln. Kshitigarbha faltete die Hände und verneigte sich. Einen Augenblick später tauchte er in diese Welt ein. Seine Mission war, alle Wesen in den unteren Welten zu retten. Er würde nicht ruhen, ehe alle vom Leiden befreit wären.

Der Panzermann

Sie zog ihr Shirt über den Kopf. Das Logo prangte darauf. Noch war sie zuhause und sicher. Aber wenn sie damit das Haus verlassen würde, wüsste jeder, auf welcher Seite sie stand. Hastig griff sie nach ihrer Jacke. Obwohl sie hier drin war, hatte sie das Gefühl, dass die Wände Augen und Ohren hatten.

Zehn Minuten später schloss sie die Tür ihres kleinen Apartments ab. Eilig rannte sie die Treppe runter. Draußen empfing sie ein Windstoß. Er fuhr unter ihre Jacke und blähte sie auf. Ängstlich drückte sie die Jacke runter, weil sie Angst hatte, jemand könnte sie sehen. Schüchtern sah sie sich um. Keiner nahm von ihr Notiz.

Sie lief die Straße runter, bis sie die Bushaltestelle erreichte. Ein Mann in Handwerkerkluft stand da und rauchte eine Zigarette. Kurz streiften sich ihre Blicke, aber er widmete sich sofort wieder seinem nächsten Zug aus seiner Zigarette. Der Rauch stieg in den Himmel. Kurz drehte sich ihr Magen um und sie wollte husten. Aber dann unterdrückte sie den Reiz. Sie wollte so unsichtbar wie möglich sein.

Der Bus kam fünf Minuten zu spät. Sie stieg ein und suchte sich einen hinteren Platz am Fenster. Sie musste durch die halbe Stadt fahren, um ihr Ziel zu erreichen. An den nächsten beiden Haltestellen füllte sich der Bus, nur um die meisten Fahrgäste einige Stationen später wieder auszuspucken. Auch sie stieg mit dem Strom aus. Viele der Leute, die ausstiegen, hatten das gleiche Ziel.

Einige liefen in kleinen Gruppen und sahen sehr mutig aus. Aber es waren auch viele Einzelne, die sie genauso ängstlich anguckten. Aber sie waren hier, weil etwas in der Luft lag. Überall an der Uni war das Gerücht rumgegangen und hatte frische Luft verbreitet. Es war das Gefühl des Aufbruchs. Neue Zeiten standen bevor.

Als sie den Platz erreichte, war er bereits rappelvoll. Die Leute standen oder saßen herum. Eine Stimme aus einem Lautsprecher drang an ihr Ohr. Die Parolen hatte sie schon auf dem Campus gehört. Dort war es schon ein Affront gegen die Partei. Aber hier draußen in der Stadt auf dem wichtigsten Platz der Stadt war es eine Kampfansage gegen alles, wofür der Staat stand. Der Mann sprach von Freiheit und dem Recht, frei zu wählen, von wem das Volk regiert werden wollte.

Kaum dass er fertig war, applaudierte die Menge. Erst jetzt begriff sie, wie viele sie waren. Auf einmal keimte Hoffnung in ihr auf. Plötzlich tauchte ein Gesicht vor ihr auf. Der Mann sah ganz normal aus, wie einer von den Studenten aus der Ingenieurswissenschaft. Aber in seinen Augen leuchtete ein lila Funke. Es gefiel ihr und sie musste lächeln. Erst in diesem Moment schien sie der Mann zu bemerken.

Ohne darüber nachzudenken, winkte sie ihm. Jetzt musste er auch lächeln. Er kam zu ihr. Als er sie erreicht hatte, stellte er kurz seine beiden Tüten ab, faltete die Hände und verneigte sich vor ihr. Sie erwiderte den freundlichen Gruß und nannte ihm ihren Namen. Er nickte lächelnd und verriet ihr, dass er Dizang hieß. Sie musste lächeln. Solch einen altertümlichen Namen hatte sie in der ganzen Stadt noch nicht gehört. In dem Dorf ihrer Herkunft hatten einige alte Männer mit grauem Bart solche altmodischen Namen, aber heute war das ungewöhnlich. Auf einmal fragte er sie, was die ganzen Menschen hier wollten. Sie wunderte sich. Die ganze Stadt wusste, was hier vor sich ging. Doch sie sagte es ihm, vielleicht war er wirklich erst vom Land hierhergekommen:

"Sie wollen Freiheit!"

Er lächelte und nickte. Seine Aura war sanft. Es gefiel ihr. Etwas an ihm war ehrlich. Ohne dass sie sagen konnte warum, vertraute sie ihm. Mit einem großen Schritt stand sie neben ihm. Gemeinsam drehten sie sich zu der provisorischen Bühne um. Eine Frau übernahm das Megafon. Sie war klein und ihr pechschwarzes Haar kurz. Aber als sie anfing zu sprechen, wirkte es wie ein Drache, der sein Feuer ausspie.

Es folgten noch zwei weitere Redner. Alle sprachen mit viel Pathos. Überall auf der Welt war der Duft der Freiheit zu spüren. Es war wie der Frühling nach einem vereisten Zeitalter. Sie erzählten von den Ländern, in denen die Menschen genauso auf die Straße gingen. Einige hatten sich schon von ihrer Unterdrückung befreit und ihr Land wiedervereint. Jeder auf dem Platz träumte denselben Traum.

Ein Knall riss sie aus ihrer Fantasie. Dem Redner hatte sie

äußerlich aufmerksam zugehört, aber eigentlich war sie mit ihrer Fantasie bei dem ruhigen Dizang gewesen. Vor einigen Minuten war eine alte Frau mit ihrem Korb vorbeigekommen. Sie hatte gefüllte Klöße verkauft. Dizang hatte mehrere Klöße gekauft. Mit einem Lächeln hatte er ihr zwei angeboten. Genüsslich kauend hatten sie weiter dem Redner gelauscht.

Auf den ersten Knall folgte ein zweiter. Er wirkte noch lauter als zuvor, als ob etwas näherkommen würde. Der Redner sprach weiter. Nur einige schauten sich verwundert um. Dann knallte es ein drittes Mal. Doch diesmal folgte dem Knall ein lauter Schmerzensschrei. Unruhe brach aus. Die Leute vor ihnen standen auf und schauten sich um. Auch der Redner hörte auf und befragte die Leute vor der Bühne.

Niemand schien etwas Genaues zu wissen. Die Stimmung war gekippt. Vorher waren alle entspannt gewesen. Zwar waren sie hier, weil sie ein politisches Ziel hatten. Aber es war kein kämpferisches Gefühl. Da war eine tiefe Hoffnung auf eine bessere Welt. Sie alle kamen von den Unis der Stadt. Schon seit mehreren Wochen hatte sich auf dem Campus eine neue Stimmung ausgebreitet. Keiner konnte sich dagegen wehren. Sie war ansteckend.

Schreie hallten durch die Menge. Sie verstand erst nicht, was sie riefen. Aber die anderen reagierten hektisch. Eine Frau vor ihr sah sie ängstlich an. Ein Student vorne auf der Bühne wiederholte erschrocken die Rufe. Jetzt wussten es alle. Die Armee näherte sich. Auf einmal spürte sie eine Hand. Es war Dizang, der ihren Arm ergriffen hatte. Er begann, sie zu ziehen. Kurz drehte er sich um und sagte, dass sie wegmussten.

Es war nicht nur die Art, wie er es gesagt hatte. In seinem Blick lag eine tiefe Sorge. Plötzlich knallte es wieder. Dieser Knall blieb nicht lange allein. Ihm folgten schnell weitere. Vor ihnen schrie jemand, dass es Schüsse der Armee waren. Auf einmal hatte sie Angst. Sie war hier, weil sie dem guten Gefühl gefolgt war. Alle waren hier. Denn etwas Großes stand bevor. Zwar kannte sie die vielen Gerüchte, wie hart die Partei früher gegen alle vorgegangen war, die sich aufgelehnt hatten.

Aber sie waren nur ein paar Studenten, hatten sie gedacht. Der Staat brauchte sie. Denn sie waren die Zukunft des Landes. Außerdem hatten sich doch die Zeiten geändert. Reisen ins Ausland waren heute möglich, obwohl sie einst noch undenkbar gewesen waren. Eine neue Zeit hatte angefangen. Endlich würde alles gut werden und das Land in eine bessere Zeit segeln.

Die Menge vor ihnen strömte los. Sie folgten dem Strom. Wohin sie rannten, wusste sie nicht. Ein Ellenbogen streifte sie versehentlich hart. Es tat weh. Dizang war sofort zur Stelle und half ihr. Dann knallte es wieder und dem Knall folgte eine Stimme. Irgendjemand sprach durch ein elektronisches Megafon. Ein Ruck ging durch die Menge. Sie änderte ihre Richtung wie ein Schwarm Fische im Meer, wenn er auf einen Raubfisch traf.

Die Salve war nicht zu überhören. Obwohl sie nichts sehen konnte, mussten sie sehr nah sein. Wilde Schreie folgten. Auf einmal tat sich eine Lücke im Strom auf. Endlich konnten sie durch die Menge sehen, warum sie ihre Richtung geändert hatten. Eine Gruppe Soldaten hatte die

Gewehre angelegt und zielte auf sie. Dem Bild folgten erneut Schreie.

Endlich sahen sie warum. Vor ihnen auf dem Boden lagen einige Körper. Das Blut war kaum sichtbar, aber ihr Blick hatte sich an einer jungen Frau festgeklebt. Auf ihrer Stirn prangte ein dunkelrotes Loch. Das Schlimme war ihre Ähnlichkeit. Sie könnte glatt ihre Zwillingsschwester sein. Dizang griff wieder nach ihr und zog sie in die Menge. Es kam keinen Moment zu früh. Denn im nächsten Moment schossen die Soldaten wieder.

Sie liefen am Rand der großen Straße weiter, auf der sonst die Busse fuhren. Zu ihrer Überraschung war kein Auto in Sicht. Ihre Gruppe war kleiner geworden. Vor ein paar hundert Metern waren sie plötzlich alle in verschiedene Richtungen gerannt. Ihre kleine Gruppe umfasste nur noch um die zwanzig Personen. Dann stoppten sie und blickten erschrocken die Straße runter.

Auch Dizang blieb stehen. Er hob den Arm und zeigte die Straße runter. Alle schauten genauer hin. Doch es gab keinen Zweifel. Auf der Straße vor ihnen näherte sich eine Kolonne Panzer. Sonst fuhren sie nur zu Paraden in der Stadt. Aber jeder von ihnen wusste, dass sie heute nicht wegen einer Parade hier waren. Die Partei hatte Angst vor dem Freiheitswillen der Studenten. Sie ließ ihre Muskeln spielen und hatte die Panzer geschickt. Gegen diese metallischen Ungetüme hatten sie keine Chance.

Unerwartet lief Dizang zum Straßenrand. Mehrere Augen folgten ihm verwirrt, aber keiner schien bereit, mit ihm zu gehen, als er auf die Straße lief. Auch sie stand da wie versteinert. Niemand konnte so verrückt sein und sich den

Panzern der Partei entgegenstellen. Diese Ungetüme waren unbesiegbar. Kein Mensch hatte eine Chance. Traurig sah sie ihm hinterher, wie er mit seinen beiden Taschen auf die Straße trat.

Ohne darüber nachzudenken, wollte sie ihm nachlaufen. Auch wenn sie ihn erst seit kurzem kannte, hatte er sie berührt. Etwas in seiner Aura war rein. Sie konnte ihn nicht sterben lassen. Denn diese Höllenmaschinen würden ihn einfach überrollen, falls ihn die Soldaten nicht einfach vorher mit ihren Maschinengewehren durchlöcherten.

Gerade als sie auf die Straße rennen wollte, fühlte sie etwas auf ihrer Brust. Dann war es auch an ihrem Arm. In diesem Moment begriff sie, dass es die Arme der anderen waren. Ein Mann hatte seine Arme um ihre Brust geschlungen und zwei Frauen hielten sie an ihren Armen fest. Kurz schüttelte sie sich wie eine Verrückte, in der Hoffnung freizukommen. Aber sie wusste, sie hatte keine Chance. Noch nie war sie die Stärkste gewesen. Alles, was ihr noch blieb, war, Dizang nachzuschauen.

Die Panzer rollten heran. Es war eine lange Kolonne aus metallischen Ungetümen. Dizang stellte sich ihnen direkt in den Weg. Sie fuhren nicht schnell. Als ihn der Erste erreichte, überfuhr er ihn nicht. Sie atmete auf und auch die anderen, die bei ihr waren, freuten sich. Doch statt sie einfach vorbeifahren zu lassen, lief Dizang zur Seite. Der Panzer hatte ihn umfahren wollen. Dizang stellte sich dem Panzer erneut in den Weg und zwang ihn wieder zu lenken. Auch diesmal stellte er sich direkt vor den Panzer.

Die Kolonne kam zum Stehen. Mehrere Panzer stauten sich. Dizang schien komplett den Verstand verloren zu haben. Statt wieder zu ihnen zu kommen, kletterte er auf den Panzer. Scheinbar versuchte er, in das Innere zu sehen. Der Panzer rührte sich kein Stück. Dann stieg er auf das Dach. Erst jetzt öffnete sich die Klappe. Dizang stieg wieder runter, als die Soldaten aus ihrem Loch guckten. Kaum dass er wieder unten war, schloss sich der Deckel wieder und der Panzer gab Gas.

Dizang ließ sie nicht entkommen. Noch ehe der Panzer einfach weiterfahren konnte, stellte er sich dem Monster wieder in den Weg. Der Panzer stoppte. Alle in der Gruppe hatten kurz den Atem angehalten. Dizang schien gar keine Angst zu haben. Ehe er sich wieder vor das Ding gestellt hatte, hatte er noch mit den Armen gewinkt, als wollte er den Panzern befehlen, wieder nach Hause zu fahren.

Die Klappe des Gucklochs auf dem Dach öffnete sich wieder. Sogar ein zweiter Soldat stecke seinen Kopf raus. Die drei begannen zu diskutieren. Erst jetzt tauchte ein Mann mit einem Fahrrad auf und fuhr zu Dizang. Es folgten ihm einige andere. Ohne dass er sich wehren konnte, schubsten sie ihn zum Straßenrand. Erst als sie ihn sicher von der Straße geleitet hatten, atmete sie erleichtert auf.

Der Geierberg

Kshitigarbha sah endlich den Gipfel. Der Aufstieg war anstrengend gewesen. Die Sonne hatte gebrannt und es war schwül. Er war froh, es fast geschafft zu haben. Die letzten Steine kletterte er gekonnt hoch. Als er oben angekommen war, atmete er erleichtert durch.

Er sah die ersten Roben. Mit seinem magischen Auge konnte er auch die Götter und magischen Wesen sehen. Sie alle waren da und warteten. Kshitigarbha beeilte sich. Der Buddha würde jeden Moment mit seinem Vortrag anfangen. Er saß bereits vorne und Ananda wusch ihm die Füße. Kshitigarbha erkannte viele bekannte Gesichter. Er verneigte sich kurz vor seiner Sangha. Dann nahm er die dreifache Zuflucht und ehrte den Buddha. Kaum dass er sich gesetzt hatte, begann der verehrte Buddha mit seinem Vortrag.

Jedes seiner Worte war wie das Herz des Dharmas. Er erklärte mit Präzision, was die Leerheit war und wieso Form und Leere nichts anderes waren als Leere und Form. Mit der Schärfe seines heiligen Geistes zeigte er ihnen, wie sie das Leiden transzendieren konnten. In vielen von ihnen ging das letzte Auge auf. Dann gab er ihnen ein heiliges Mantra, mit dem sie ganz zum heiligen Nirwana hinübergehen konnten.

Des Buddhas Hände formten ein Mudra, als er mit seinem Vortrag fertig war. Alle falteten ihre Hände und verneigten sich in Dankbarkeit. Sein Lehrvortrag war so kurz und präzise gewesen, wie es nur dem Buddha möglich war. Es war wie das Herz der Lehre und würde vielen Wesen, die noch in Samsara gefangen waren, den Weg zur befreienden Leere zeigen.

Als der Buddha fertig war, schenkte er Kshitigarbha ein Lächeln. Kurz war der Bodhisattva überfordert. Es ehrte ihn. Dann erwiderte er das Lächeln und faltete die Hände. Der Buddha gab ihm zu verstehen, dass er mit ihm unter vier Augen sprechen wollten. Diese Ehrung erfüllte den Bodhisattva Kshitigarbha mit grenzenlosem Glück.

Als sich die Sangha wieder erhoben und viele sich bereits auf den Heimweg gemacht hatten, gingen der Buddha und Kshitigarbha einige Schritte. Der Buddha fragte ihn nach seiner Praxis. Kshiti erklärte ihm ganz genau, welche Teile seiner Übungen gut liefen. Dann gestand er ihm, welche Übungen ihm noch Probleme machten. Als er damit fertig war, gestand er ihm die offenen Fragen. Fast alles in der Lehre verstand er. Er hatte es mit seinem wachen Geist durchdrungen und in seinem Leben praktisch realisiert. Auch, wenn er Anatta verstand, so musste er zugeben, dass es einige Bereiche gab, wo er es noch nicht durchdrungen hatte und es ihm bisher auch nicht gelang, es in sich zu realisieren.

Der Buddha lächelte gütig. Er dankte dem Bodhisattva für seine offenen Worte. Der Tathagata setzte seine Schritte sehr bewusst. Kshithigarbha hatte keinerlei Zweifel mehr an der Erhabenheit eines Buddhas. Aber es live zu erleben, war trotzdem außergewöhnlich. Regelmäßig zog er durch die sechs Daseinsfurten. Neben den Höllenwesen und Menschen traf er auch hohe Götter und Bodhisattvas. Trotzdem reichte nichts aus den Götterwelten an die Erhabenheit des Buddhas heran.

Der Thatagatha lächelte, als würde er die Gedanken lesen können. Dann sprach er über die drei Tore der Befreiung. Es waren Leerheit, Absichtslosigkeit und Zeichenlosigkeit. Kshitigarbha sollte sich nicht an die Merkmale halten, nicht einmal die subtilsten. Im alten Indien hatten sie die Nobelheit an den 32 Merkmalen festgemacht und dabei übersehen, um wie viel wichtiger das erwachte Herz war.

Demütig faltete der Bodhisattva seine Hände. Jedes Wort des Buddhas trug mehr Weisheit in sich, als die Weisheit eines ganzen Kalpas unerwachter Lebewesen. Er kannte die Lehre der drei Tore. Er verstand jedes davon und auf den groben Ebenen hatte er sich davon befreit. Aber die Worte des Buddhas hatten seinen Blick auf die subtilsten Ebenen des Daseins gerichtet.

Nachdem sie einige Schritte kontemplierend gegangen waren, begann der Bodhisattva von seinen letzten Missionen zu erzählen. Er war weit gereist. Sein Weg hatte ihn zuletzt in die Welt der Hungergeister geführt. Es gab sie in vielen Formen. Manche von ihnen waren immerzu hungrig. Aber ihre Hälse waren unendlich lang und dünn. Selbst wenn sie etwas zum Essen fanden, dauerte es gefühlte Ewigkeiten, ehe es ihre Mägen erreichte. Andere waren durstig. Aber sie hatten feurige Zungen. Selbst wenn sie eine matschige Pfütze mit Wasser fanden und tranken. Sobald das Wasser ihren Mund benetzte, verdampfte es, weil es so heiß war.

Buddha nickte verstehend. Er musste nicht erklären, dass es ihre eigene Gier war, die sie in diese Welt geführt hatte. Er musste auch nicht anfügen, dass das für den Bodhisattva keinen Unterschied machen durfte. Ob ein Wesen litt, weil es schuldig war oder nicht, sein Mitgefühl war grenzenlos. Aber er musste die Hilfe an die Situation anpassen. So verschieden wie die Wesen waren, so verschieden war die Hilfe, die sie brauchten, um die befreiende Weisheit zu erlangen. All das hatte Kshiti auf den ersten Stufen des Bodhisattvas-Weges gelernt.

Auf einmal blieb der Buddha stehen. Kshitigarbha musste wieder lächeln. Denn selbst seine Art, stehenzubleiben, war außergewöhnlich. Die Sanftheit und das Verstehen, die in seinen Bewegungen und Gesten lagen, waren einzigartig. Ohne ein Wort sagen zu müssen, war jede Bewegung des Buddhas ein Lehrvortrag in Achtsamkeit.

Der Tathagatha erhob die Hand. Vor ihnen tauchte ein transparentes Bild auf. Kshitigarbha erkannte eine große Stadt. Das Bild zoomte heran. Sie flogen durch endlose Straßen, die zwischen den Hochhäusern hindurch liefen. Dann hielt das Bild an. Es war, als ob sie auf dem Bürgersteig stehen würden. Vor ihnen erhob sich die Reklame eines alten Kinos. Die Eingangstüren sahen alt aus und dennoch stand eine Schlange vor einem Schalter, hinter dem eine junge Frau saß. Lächelnd schaute sie auf die Handys der Leute.

Im selben Augenblick, als Kshiti die Feinheiten des Gesichts der jungen Frau erkannt hatte, löste sich die Vision auf. Fragend sah er den Buddha an. Dieser lächelte nur. Er sagte kein Wort, aber Kshitigarbha wusste, er würde alle Antworten finden. Er musste nur der Vision folgen und sie würde ihn zu einem großen Dharmaschatz führen.

Kaum dass er das gedacht hatte, begannen sich die Umrisse der Gegend aufzulösen. Alles verpixelte sich. Die Landschaft wurde schwammig. Nur der Buddha blieb noch klar sichtbar. Aus dem Nebel schälten sich neue Formen heraus. Die schöne Landschaft des Geierberges machte einem traurigen Stadtbild Platz. Kshitigarbha blickte zum Buddha. Der nickte. Die Bewegung seines Kopfes enthielt eine klare Aufforderung. Im selben Moment, als er das verstanden hatte, war der Buddha verschwunden.

Kshitigarbha blickte sich um. Er war in vielen Welten gewesen und hatte tausende Dörfer und Städte besucht. Obwohl darunter auch hunderte Großstädte wie diese mit unübersehbaren Millionen Einwohnern gewesen waren, kam ihm diese Stadt nicht bekannt vor. Statt sich weiter umzusehen, lief er einfach los. Einige Augen streiften ihn abschätzig. Er sah an sich herunter und bemerkte, dass sein Aussehen nicht zu dem der Stadtbewohner passte. Einen Augenblick später passte sich sein Äußeres an und er sah genauso aus wie die anderen Männer auf dem Gehweg.

Noch wusste er nicht, wo er hin musste. Die Stadt war ihm fremd. Die Gesichter der Menschen sahen nicht einladend aus. Alle wirkten gestresst. Sie hasteten die Wege entlang, ohne den anderen viel Aufmerksamkeit zu schenken. Wahrscheinlich würde ihm keiner helfen wollen. Buddha hatte ihn hierher geschickt. Früher oder später würde ihm das Karma ein Zeichen schicken, das ihn zum Ziel führte.

Entspannt lief er die Straße runter. In den Schaufenstern blinkten die Waren. Die Läden waren leer. Der Stand der Sonne verriet ihm, dass noch Vormittag war. Vielleicht würden am Nachmittag mehr Leute shoppen gehen. Das einzige Geschäft, das viel Kundschaft hatte. Es war ein Eckladen. Mehrere junge Männer standen davor. Als er bei ihnen vorbeiging, fragten sie, ob er etwas bräuchte.

Kshitigarbha bedankte sich, aber lehnte ab. Dann nutzte er die Chance und erklärte ihnen, welchen Ort er suchte. Der Erste hörte ihm zu. Er überlegte kurz, schüttelte dann aber den Kopf. Auch seine Compagnons hatten keine Ahnung.

Kshiti musste seinen Weg unwissend fortsetzen. Er lief noch mehrere Straßen weiter, erst dann kam ihm etwas bekannt vor. In der Vision, die er bei Buddha auf dem Geierberg gesehen hatte, war das Bild langsam reingezoomt, ehe es vor dem Kino gestoppt hatte. Er erinnerte sich an das, was vor ihm zu sehen war. Dort vor ihm war ein kleiner Park. In der Mitte stand eine Statue. Sie sah aus wie ein alter Soldat. Er trug eine Uniform und einen Säbel.

Kshiti schloss die Augen. Er holte seine Erinnerung zurück und überlegte, wo lang die Vision gesaust war. Zum Glück konnte er sich an diese Szene ganz genau erinnern. Er musste die linke Straße runterlaufen bis zu einer großen Leuchtreklame. Neben dem Schild lag eine große Straße. Dann war es nur noch ein Katzensprung bis zum Kino.

Mit einem Mantra auf den Lippen lief er die Straße runter. Nachdem er ein dutzend Querstraßen passiert hatte, wurde ihm klar, dass die Vision sehr schnell reingezoomt hatte. Der Weg war in der echten Welt sehr viel länger als gedacht. Nach zehn weiteren Querstraßen tauchte die Werbetafel endlich am Horizont auf. Kshiti beschleunigte seine Schritte. Er wollte endlich ans Ziel kommen, um herauszufinden, warum er hier war.

Bei der Leuchtreklame bog er in die große Straße ein. Es war viel los. Die Straße war voll. Autos hupten und stauten sich. Auf der Fußgängerzone drängelten sich die Menschen aneinander vorbei. Der Bodhisattva reihte sich in den Menschenstrom ein. Er ließ sich mitreißen. Erst als er die Reklame des Kinos erkannte, schlängelte er sich an den Rand.

Schließlich stand er auf den ersten Stufen des Kinos. Noch schien es geschlossen zu haben. Die Türen waren geschlossen und im Schalter waren die Fensterläden runtergelassen. Umkehren kam nicht infrage. Er brauchte Antworten. Also stieg er die Stufen hoch. Oben angekommen, versuchte er durch die Rollladen ins Innere des Schalters zu gucken. Er war verwaist und es gab keinen Hinweis auf die junge Frau. Nur die Türen weckten seine Neugier.

Er lief am Schalter vorbei und ging zu den Türen. Kurz rüttelte er daran. Sie gaben ein scheppperndes Geräusch von sich. Ansonsten bewegten sie sich gar nicht. Unschlüssig sah er sich um. Es gab nichts Auffälliges. Nur am Rand hing ein Zettel. Da er sonst nicht weiter wusste, sah er sich den Zettel genauer an. Er lächelte. Auf dem Zettel stand, sie suchten eine Hilfskraft. Man sollte sich einfach im Kino vorstellen.

Er riss den Zettel ab. Das war ein Zeichen, daran hatte er keinen Zweifel. Es würde ihm die Chance geben, alles über das Kino und die junge Frau herauszufinden. Die Frage war nur, wie er ins Kino kam. Kurzerhand drehte er sich um. Zuerst lief er die Treppe runter und dann am Kino entlang, bis er an eine kleine Seitenstraße kam. Es war eine Sackgasse, aber scheinbar gab es von hier einen Hintereingang ins Kino.

Die Tür war zum Glück nur angelehnt. Jemand musste da sein. Kshiti klopfte. Keine Reaktion. Er klopfte ein zweites und drittes Mal. Aber niemand antwortete ihm. Vorsichtig öffnete er die Tür. Dahinter lag ein langer Flur. An den Wänden hingen Plakate alter Filme. Er trat ein und lief den

Gang entlang. Nach einigen Schritten hörte er jemanden leise singen.

Am Ende des Flurs öffnete sich der Blick auf einen großen Kinosaal. Endlich konnte er sehen, woher der Gesang gekommen war. Es war die junge Frau, nach der er gesucht hatte. Sie lief zwischen den Reihen der Sitze hin und her. In ihrer Hand hielt sie eine Tüte und in der anderen einen kleinen Handstaubsauger.

Ihre Stimme war klar und hell. Ihr Gesang offenbarte einen zufriedenen Geist. Aber der Bodhisattva sah noch mehr. Während die Augen der Menschen nur den grobstofflichen Körper sahen, konnte er mit seinen erwachten Augen auch die feinstoffliche Aura sehen. Schon von Weitem hatte etwas Reines in ihrem Gesang gesteckt. Aber jetzt, da er sie sah, war er beeindruckt von dem reinen Schein ihrer Aura.

Er sah ihr noch einige Sekunden zu. Sie lief durch die Reihen und sammelte den Müll ein und schmiss ihn in die Tüte. Mit dem kleinen Staubsauger glitt sie über die Sitze, dabei hatte sie ein Lächeln auf ihren Lippen. Schließlich räusperte sich Kshitigarbha. Nichts passierte. Er wiederholte es noch ein paarmal und wurde bei jedem Mal lauter. Auf einmal sah sie ihn an.

Für einen Moment standen Fragezeichen in ihren Augen. Dann zogen sich ihre Mundwinkel nach oben und lächelten ihn an. Sie zog einen Kopfhörer aus dem Ohr und begrüßte ihn. Als sie fragte, warum er hier sei, hob Kshiti den Zettel. Sie lächelte und nickte. Dann marschierte sie die Sitzreihe entlang. Als sie bei ihm oben angekommen war, gab sie ihm die Hand. Danach bat sie ihn, ihr zu folgen.

Gemeinsam liefen sie zum Eingang des Kinosaals. Draußen im Foyer sah er den Teil, wo sie Popcorn und Getränke verkauften. Daran liefen sie vorbei bis zu einer Tür, auf der das Wort Büro stand. Drinnen sah es ein wenig chaotisch aus. Als sie seinen suchenden Blick bemerkte, entschuldigte sie sich für das Chaos. Kshiti lächelte nur und sie erwiderte sein Lächeln. Dann sollte er sich setzen, während sie in einem Schrank einen Stapel an Papieren durchsuchte. Nach einiger Zeit zog sie eine Mappe heraus und legte sie auf den Tisch.

Sie begann, ihm Fragen zu stellen. Kshiti beantwortete alle, so gut er konnte. Aber er merkte schnell, dass sie mit seinen Antworten nicht zufrieden war. Er konnte ihr weder seine Adresse noch seine Steuernummer nennen. Nach der elften Frage atmete sie schwer durch und legte den Hefter zur Seite. Einige Sekunden sah sie ihn an. Ihr Blick war ernst und ging tief. Er spürte, wie sie ihn durchleuchtete. Anders als die meisten Menschen war sie sehr gut darin, in das Herz eines Menschen zu schauen.

Auf einmal hoben sich ihre Mundwinkel und sie lächelte. Sie kam verschwörerisch näher und sprach mit gesenkter Stimme, dass sie ihn auch schwarz beschäftigen könnte. Keiner wollte für den Hungerlohn bei ihr arbeiten. Seitdem ihr Großvater krank war, musste sie fast alles allein machen. Es gab genug zu reparieren und auch die Lieferungen mussten aus und eingeräumt werden. Ihr Großvater war zwar noch in der Lage, die Filme abzuspielen. Abgesehen davon blieb alles an ihr hängen.

Sie bot ihm sogar eine kleine Kammer auf dem Dachboden

an, wo er schlafen konnte. Allerdings müsste er die Waschräume im Kino benutzen. Kshiti lächelte. Wie es schien, lösten sich seine ersten Probleme gerade in Luft auf. Er bekam einen Job im Kino und konnte dadurch problemlos herausfinden, warum ihn Buddhas Vision hierher in dieses Kino geführt hatte.

Als sie ihm einige Minuten später die Dachkammer zeigte, war er sehr zufrieden. Im Vergleich zu den Zellen in den Klöstern, in denen er sonst oft lebte, war es viel luxuriöser. Das Bett war gemacht und sah weich aus. Das runde Dachfenster würde ihm nachts die Stimmen des Mondes ins Zimmer tragen. Als er dann noch raus aufs Dach guckte, entdeckte er eine kleine Plattform, die sich perfekt eignete, um zu meditieren.

Die junge Frau, die sich als Alice vorgestellt hatte, war froh, dass er nicht gleich wieder weglief. Trotz ihrer harmonischen Grundstimmung spürte er, wie sehr sie die Situation belastete. Ohne länger darüber nachzudenken, streckte er ihr die Hand entgegen. Sofort griff sie zu und dankte ihm. Morgen sollte er anfangen, dann würde er auch ihren Großvater kennenlernen, der gerade schlief.

Lächelnd sah er ihr hinterher, als sie die Stufen runterstieg. Er schloss die Tür seiner kleinen Dachkammer und drehte sich zum Dachfenster um. Es war kurz nach Mittag. Sein Dienst würde erst morgen beginnen. Heute gab es nicht mehr viel zu tun. Darum kletterte er raus aufs Dach. Über ein paar Dachsprossen gelangte er zu der kleinen Plattform. Sie bestand aus einer Art Gitter, bot aber genügend Platz für die Meditation. Er kreuzte die Beine, konzentrierte sich auf seine Atemzüge, bevor er in die

Versenkung eintrat.

Sein Atem führte ihn in die Tiefen. Spielerisch durchdrang er die ersten drei Jhanas und erstrahlte im vollendeten Gleichmut. Er verharrte in diesem Zustand und sammelte seine spirituellen Kräfte. Wahrscheinlich hätte er so bis weit in die Nacht gesessen. Erst ein Geräusch holte ihn zurück an die Oberfläche. Er öffnete die Augen und blickte in Alices Augen. In diesem Moment begann sie zu lächeln. Ohne viele Worte hob sie einen Teller aus dem Fenster. Kshitigarbha griff zu. Zwar knurrte sein Magen nicht, aber gegen eine gute Mahlzeit hatte er nichts einzuwenden.

So schnell wie sie gekommen war, war sie verschwunden. Außer dass sie Kshiti gebeten hatte, nicht vom Dach zu fallen, hatte sie nichts gesagt. Ihm war klar, dass viel zu tun war. Dass sie an ihn gedacht und ihm Essen gemacht hatte, bewies ihr freundliches Wesen. Während er den Reis mit den Stäbchen in den Mund schob, ging er im Geist noch einmal alles durch. Er visualisierte die Szene mit Buddha, als er ihm die Vision gezeigt hatte. Dann ging er jede Szene durch, seitdem er das Kino erreicht hatte.

Den leeren Teller stellte er an den Rand des Gitters. Er nahm wieder den Meditationssitz ein. Statt sich erneut in die Jhanas zu versenken, kontemplierte er weiter über die Begegnung mit Alice. Was war der tiefere Sinn hinter all dem hier?

Kshiti durchdrang mit seinem Geist alle Erlebnisse, seitdem er diese Stadt betreten hatte. Alles wirkte friedlich. Zumindest wirkte es oberflächlich so. Doch er gab sich keinen Illusionen hin. Hinter allem verbarg sich Leid. Es war nicht nur die Krankheit von Alices Vater. Sie musste jetzt alle Lasten schultern und sich wahrscheinlich auch um ihn kümmern.

Diese Stadt hatte eine bestimmte Schwingung. Zuerst konzentrierte er sich auf seinen Atem. Langsam zog die Luft an seiner Nasenspitze entlang. Dann richtete er seine Achtsamkeit auf seine Sinne. Er wollte genau spüren, was diese Stadt ausmachte. Mit jedem Einatmen nahm er auf, was die Stadt ausstrahlte. Wenn er dann wieder ausatmete, gab er der Luft ein heilsames Gebet mit. Denn auch die Wesen dieser Stadt hatten Mitgefühl verdient.

Der Mond begrüßte ihn. Obwohl es noch nicht Nacht war, erschien die Mondsichel. Kshitigarbha verneigte sich vor dem Mondgott. Dann richtete er seinen Fokus nach innen. Ehe er sich in die Vipassana versenken wollte, war die Shamatha an der Reihe. Er ließ achtsam seinen Atem an seiner Nasenspitze entlanggleiten. Ganz bewusst sog er die Luft ein und bewusst ließ er sie wieder ziehen. Dann löste er seine gegenständlichen Gedanken auf. Reine Freude breitete sich in ihm aus. Doch daran haftete er nicht. Er löste auch diese Freude auf, bis sich heiliger Gleichmut in seinem Herzen breitmachte.

Aus dem Gleichmut ging er in die formlosen Jhanas über. Die tiefe Versenkung führte ihn bis zur Grenzscheide von Wahrnehmung und Empfindung. Dann machte er den Schritt auf die Spitze des Daseinskreislaufes. Den Weg zu den formlosen Jhanas vollführte er meisterlich. Schließlich vergegenständlichten sich seine Gedanken wieder.

Alices Bild erschien vor seinem inneren Auge. Zuerst sah er die Vision, wie sie hinter dem Schalter gesessen hatte. Dann erinnerte er sich an ihren Gesang, während sie den

Kinosaal gereinigt hatte. Etwas an der jungen Frau gefiel ihm. Es dauerte einige Zeit, bis ihm klar wurde, dass sie Tiefe besaß. Gewöhnliche Augen hätten es nicht gesehen. Gewöhnliche Menschen spürten so etwas nicht, denn sie hingen nur an den oberflächlichen Formen fest.

Um zum Bodhisattva zu werden, musste man lange meditieren. Auch der Stromeintritt war wichtig. Kshiti hatte eine gefühlte Ewigkeit den Dharma praktiziert. Auf diesem Weg hatte er Fähigkeiten erworben, die andere für unmöglich hielten. Aber es war nur eine Frage der richtigen Weisheit und harten Übung. Zudem hatte er das gute Karma besessen, sehr gute Lehrer auf seinem Weg zum Bodhisattva getroffen zu haben.

In Alice spürte er ein gutes Herz. Doch da war noch mehr. Ihr Geist war klar. Es war ihm schon in dem Moment klar geworden, als er sie hatte singen hören. In ihrer Stimme lag Reinheit. Menschen, deren Herz gierig oder die voller Wut waren, fiel es schwer, so rein zu singen.

Nachdem er die ganze Situation aus verschiendenen Blickwinkeln betrachtet hatte, öffnete er die Augen und sah zum Himmel. Die Nacht war fast wolkenleer. Einige verlorene Schäfchen zogen über den Himmel, aber ansonsten lachten nur ein paar Sterne. Wegen des Lichts der Stadt waren nur wenige sichtbar. Aber Kshitigarbha wusste, sie waren da. Genauso wie die vielen guten Herzen in dieser Stadt, die nur auf einen großen Geist warteten, der ihnen den Schleier von den Augen wischte. Dann könnten sie den achtfachen Pfad sehen, der zur Befreiung führte.

Das kleine Fenster ließ sich nur schwer schließen. Ein

kleiner Verschluss war alles. Er spürte den schwachen Luftzug, als er sich in sein Bett legte. Es war weich. Fast war es ihm zu weich, da er die harten Betten aus den Klöstern gewöhnt war. Auch bevorzugte er es, auf dem Boden zu schlafen, da das der Tradition des Vinaya entsprach. Aber er wollte nicht auffallen. Zuerst einmal war er der neue Hausmeister, der hier schwarz arbeitete. Bis er herausgefunden hatte, was Buddha ihm mit der Vision hatte sagen wollen, würde er inkognito bleiben.

Ein Sonnestrahl kitzelte ihn am nächsten Morgen wach. Der Himmel hatte sich zugezogen. Er schlüpfte aus dem Bett. Um seinen Körper fit zu machen, praktizierte er seine Yoga-Übungen. Dann zog er sich den Rest seiner Kleidung an und verließ seine Dachkammer. Im Kino war es still. Er stieg die Treppen runter. Die Flure waren dunkel. Gerade als er die nächste Treppe in die Haupthalle runterlaufen wollte, hielt er inne. Er drehte sich um und schaute in ein altes Gesicht.

Der Mann schien ihn einige Sekunden beobachtet zu haben. Sein Mund wurde zu einem Lächeln, doch im nächsten Augenblick zerriss sein Lächeln. Ein heftiger Hustenanfall folgte. Der ganze Körper des alten Mannes bäumte sich auf. Es schien, als würde er gleich stürzen. Mit schnellen Schritten eilte ihm der Bodhisattva zu Hilfe, um ihn zu stützen.

Der Alte hustete noch einige Male. Dann tätschelte er Kshiti sanft die Hand. Er bedankte sich. Seine Stimme klang schwach und belegt. Er bat den Bodhisattva, ihn zurück in sein Zimmer zu bringen. Mit einigen Handgesten zeigte er ihm den Weg. Als Kshiti die Tür öffnete, schlug ihm ein stickiger Geruch ins Gesicht. Es musste dringend gelüftet werden. Ansonsten war das Zimmer aufgeräumt.

Kshiti setzte ihn auf dem Bett ab. Dann öffnete er die Fenster. Die angenehme Kälte füllte seinen Geist aus. Auch dem alten Mann war anzumerken, dass ihm die Luft guttat. Kurz waren sie nur da und atmeten einfach. Einige Momente später ergriff der Alte das Wort. Er stellte sich als Peter vor und schien informiert zu sein. Alice hatte ihm bereits von ihrem neuen Mitbewohner erzählt. Nur seinen Namen hatte sie ihm nicht verraten.

"Jizo!"

"Jizo", antwortete Peter, "ungewöhnlicher Name."

Kshiti lächelte. Der Alte erwiderte sein Lächeln. Jetzt konnte er ganz genau sehen, dass Alice seine Enkelin war. Sie hatten beide dieselben Grübchen auf den Wangen, wenn sie lachten. Trotz des Altersunterschieds waren die Ähnlichkeiten unübersehbar. Auf einmal machte der alte Mann einige Schritte auf ihn zu. Er hakte sich bei ihm ein und führte ihn den Gang runter bis zu einer Tür.

Hinter der Tür war eine Küche. Alice stand vor einer Arbeitsplatte und schnitt einige Karotten klein. Als die beiden eintraten, begrüßte sie die beiden Männer nett, wandte sich aber gleich wieder ihrer Aufgabe zu. Kshiti erblickte eine Schale auf der Anrichte und begriff, dass sie einen Salat machte. Der Alte führte ihn zu einem kleinen Küchentisch und bat darum, Platz zu nehmen. Kaum dass der Bodhisattva sich gesetzt hatte, schlürfte Peter zu der großen Kaffeemaschine. Er hantierte einige Zeit herum und kam dann mit einer großen Tasse mit dem schwarzen Gesöff zurück.

Nachdem sich Peter auch eine Tasse geholt hatte, setzte er sich zu Kshiti. Sie tranken ihre ersten Schlucke genüsslich und schweigsam. Dann erzählte Peter, dass ihm seine Enkelin jeden Morgen einen frischen Salat machte, weil sie wollte, dass er sich gesünder ernährte. Kshiti nickte verstehend. Der Alte hatte es als Kritik gemeint. Scheinbar waren Salate nicht nach seinem Geschmack. Aber Kshiti sah nur die Hilfsbereitschaft. Sie kümmerte sich nicht nur um das Kino, sondern sorgte sich auch ernsthaft um ihren Großvater.

Alice stieß zu ihnen. Sie aßen und lachten. Kurz löcherten sie Kshiti mit einigen Fragen, die er ernsten Gewissens beantwortete, aber dann ging es schnell um die Abläufe im Kino. Sie besprachen die nächsten Vorstellungen und welche Lieferanten kommen würden. Kshiti ließ sich seine Aufgaben erklären. Es war ein straffes Programm und Alice entschuldigte sich für die viele Arbeit. In den letzten Wochen war viel liegen geblieben, weil sie ganz allein gewesen war. Dann machten sie sich ans Werk.

Bis zur ersten Vorstellung am frühen Nachmittag arbeiteten sie alles ab. Kshiti ging fleißig seinen Aufgaben nach und Alice schwirrte herum und schien drei Aufgaben gleichzeitig zu machen. Dann standen die ersten Kinder vor der Scheibe an der Eingangstür und drückten sich die Nasen platt. Alice grinste breit, als sie die Tür aufschloss und die Rasselbande ins Kino stürmte.

Alice verkaufte die Tickets und Kshiti hatte sie für das Popcorn abgestellt. Über vierzig hungrige Mäuler stellten sich bei ihm an und er war froh, als alle im Kinosaal verschwunden waren. Endlich gab es eine Minute zum

Durchatmen, denn die Vorführung übernahm Peter. Alice brachte ihm einen Tee und stellte sich zu ihm. Sie dankte ihm für seine gute Arbeit. Kshiti lächelte und nutzte die Zeit, etwas über sie herauszufinden.

Ohne lange drum herumzureden, kam er auf das Weltthema zu sprechen. Alice nahm kein Blatt vor den Mund. Obwohl sie im Herzen gütig war, hatte sie keinen Zweifel daran, dass die Welt von Gier und Hass verdorben war. Sie hatte Angst wegen der Korruption und der vielen Kriege. Was er hörte, zeigte ihm, dass sie wachen Geistes war.

Als Nächstes ließ er einige Fragen über den Dharma einfließen. Er philosophierte über die drei Dharmasiegel. Bei jedem seiner Gedanken ergänzte sie richtig. Sie hatte ganz genau erkannt, dass die Welt unbeständig und voller Leid war. Angesichts der Sterblichkeit ihres Großvaters hatte sie auch erkannt, dass es keine Inhärenz des Ichs gab. Dann fragte er sie, ob sie sich vorstellen könnte, dass sich eines Tages ein Mensch so weit entwickelte, dass er genügend Weisheit anhäufte, um einen Weg aus allem Leiden lehren zu können?

Nach der Frage starrte sie ihn kurz an. In ihren Augen überschlugen sich die Emotionen. Nach einiger Zeit musste sie lachen, so als ob ihre Gedanken einen Weg brauchten, um Dampf abzulassen. Schließlich fragte sie, was er glaubte? Kshiti lächelte, er war offen für jede Reaktion gewesen. Eine Frage gab ihm die Chance, ganz ehrlich aus dem Herzen zu sprechen.

Kshitigarbha erzählte ihr von der dunkelsten Stunde seines Lebens. Er hatte viele Fehler gemacht und war am

Abgrund gelandet. Dann war ihm ein kahlköpfiger Mann über den Weg gelaufen. Obwohl sie sich in der schlimmsten Umgebung befanden hatten und Armut und Gewalt allgegenwärtig waren, hatte er gelächelt, als ob er über das Leiden erhaben war. Er hatte den Mann nach seinem Geheimnis gefragt.

Diese Frage hatte ihn direkt zu Buddha geführt. Seine Lehre war heilsam, denn sie linderte die Symptome mit weisem Mitgefühl und die Ursachen der Probleme benannte sie direkt wie ein guter Arzt, der eine korrekte Diagnose stellte. Es waren Gier und Hass und dass man die Verblendung nicht einsah, was die wahren Ursachen des Leidens waren.

Alice lachte. Doch es war eine andere Art des Lachens. Dann sah sie Kshitigarbha sehr ernst an. Sie wog ab, wer der Mann vor ihren Augen war. Sie kannte ihn erst einen Tag, aber offensichtlich hatten seine Worte offene Türen eingerannt. Aber sie wollte sich sicher sein, keinem Scharlatan in die Falle zu gehen. Nach einigen Sekunden senkte sie den Kopf. Kshiti sah, wie ihre Augen feucht wurden. Schließlich hob sie den Kopf wieder. Mit feuchten Augen sprach sie ein paar Worte, als ob sie ihr aus dem tiefsten Herzen kamen:

"Weises Mitgefühl ist alles, was mir für meinen kranken Großvater noch bleibt!"

Kshitigarbha fing ihren Blick auf. Der Schmerz lag tief. Sie war ein fröhliches Wesen. Er konnte an ihren Mundwinkeln sehen, wie gerne sie lachte. Aber der nahende Tod Peters hatte bereits eine tiefe Wunde geschlagen. Plötzlich trafen sich ihre Augen. Wie zwei

Laserstrahlen verschmolzen ihre Blicke. Dann explodierte es und eine Vision entstand.

Wie durch einen Zeitstrudel wurden sie zurück zu den Anfängen Kshitis getragen. Sie liefen auf Highspeed durch seine Gegend. Die Szene stoppte nur kurz, als Kshiti zum ersten Mal den Dharma erkannte. Plötzlich sahen sie wie eine chirurgische Nahaufnahme das Innere Kshitis. Seine Gedanken und Gefühle lagen offen und waren sichtbar wie die Farben auf einem Bild.

Die Vision raste wieder und stoppte erst auf dem Geierberg, als Kshitigarbha neben Buddha lief. Doch diesmal redete der Buddha nicht mit ihm. Obwohl es eine Vision war, sprach er direkt zu Alice. Keiner von ihnen hatte einen Zweifel daran, dass der Buddha wirklich hier war. Er erklärte ihr den Dharma oder vielmehr erklärte er den Dharma ihrem Karmastrom. Denn Alice verstand sofort, aber es war nicht sie, die verstand. Der Buddha hatte die Tore der Vorgeburt geöffnet und die vielen Wesen, als die sie inkarniert gewesen war, ließen ihre Weisheit einfließen.

Kshiti kam kaum mit. Die beiden redeten über tiefsinnige Teile der Lehre, die auch er kaum verstand. Alice musste in ihren früheren Leben große Realisation erlangt haben. Anders war es nicht zu erklären, dass sie die tiefsten Weisheiten so einfach erfasste. Auf einmal fiel sie vor Buddha auf die Knie und sprach die dreifache Zuflucht. Der Buddha hob seine Hand und segnete sie. Alice schwor den Schwur einer Bodhisattva. Im selben Moment verschwand die Vision und sie waren wieder im Kino. Ohne einen Moment zu zögern, fiel Alice auf die Knie. Sie nahm die dreifache Zuflucht und schwor, das Kino in ein Zentrum des Dharmas umzuwandeln, damit die Wesen das Licht der Befreiung sehen konnten. So wollte sie Gutes tun, um den Wesen aus dem Kreislauf des Leidens zu helfen.